今日の別れに

赤川次郎

角川文庫
21151

目次

角に建った家　五
あなた　七五
今日の別れに　一五九

角に建った家

1　どこかで見た顔

「全然気が付かなかったわ」

と、母親が夕食の席で言った時、幹夫《みきお》は、気にもとめなかった。

しばらく間を置いて、父親が口を開くと分っていたからだ。――五、四、三、二……。

「何の話だ？」

　ほらね。

「あなた、気が付いてた？」

　何のことか説明もせずに、訊《き》き返して来るという、一見不合理なこの話し方こそが、母親の天性の「話術の妙」というものなのである。

「気が付くって、何に？」

「今の家って、早く建つとは知ってたけど、あんなに……。一体いつの間に建ったのかしら。――あなた、お代りは？」

「うん……。家って、誰の家だ？」

「知らないわよ。ただね、今日、買物の帰りに、あんまり荷物が多いもんだから、バスに乗ったの。ほら、バスは学校の向うを回って来るでしょ？　で、公園からこっちの通りへ曲る、角の所に、家が一軒、建ってるの」

「ふーん」

ただ聞き流す、ということを許さない母親の話術に、父親はみごとにはまってしまっている。当人は、たぶんそんな風に考えていないだろう。いや、おそらく母親の方も。

幹夫も十五歳になって、母親が、無意識の内に夫の注意をひこうとして、こういう「逆行型」とでも言うべき話し方を考案したのだと理解できるようになっていた。

「確かに、あそこ、空地になってはいたのよね。でも、この前通った時は、そんな様子、全然なくって――」

「そりゃ、今はほら、プレハブとか、早いからな。さっさと外側だけ作って、後はゆっくりやるんだよ」

と、父親が、やっと父親らしく、ものを知っているという口をきく。

「でも、変なの。ちっとも新しい家に見えないのよ。やけに古ぼけたお屋敷で……。そういう風に見せてるのかしら」

と、母親は首をひねる。

「最近はレトロ感覚とかいって、古風なのが受けてるのさ。ほら――」

と、何か例を持ち出そうとして、詰ってしまう。

何か考えついてから、言い出しゃいいんだよな、と幹夫はいつものことながら、思った。

「私なら、新しい家は見るからにピカピカの方がいいけど。――幹夫、もう食べないの?」

「三杯食べたよ」

「そうだった? いつお代りしたかしら」

大体、少しぼんやりしたところのある母親なのである。

「お屋敷っていうほど大きいのかい」

と、父親が言った。「じゃ、保険にも入ってるかな」

父親は保険会社に勤めているのだ。

「何だかこう——屋根がとんがってて、煙突があって、古い洋館っていうのかしら。あちらの映画に出て来そうなお家なの。門があって、何だか知らないけど、門の上に、大きな〈S〉の字があったわ」

幹夫は、この時、初めて母親の話に興味を持った。

「——母さん、〈S〉の字、って言った?」

「ええ、そうよ。何か知ってるの?」

「ううん。別に……」

とは言ったものの……。

〈S〉の字のある館《やかた》? どこかで聞いたことあるな、と幹夫は思っていたのだ。でも、思い出せない。誰かが学校で話してたのかな?——いや、そうじゃない。

TVで見た? そうでもないらしい。新聞とか雑誌に出てたのかしら?

確かに、どこかで、そういう館のことを聞いたんだけど……。どうしても思い出せなかった。何だかスッキリしなくて、いやな気分だ。

「幹夫、宿題は？」

と、母親が言った。

「今日はないよ。――部屋に行ってるね」

と、椅子をずらして立ち上がる。

「幹夫――」

「ごちそうさま」

言われる前に、幹夫は言ってやった。――本当に、いつまでたっても子供扱いなんだから！

加賀《かが》幹夫は一人っ子である。両親が至って優しく、生れてこの方、まだ殴られたという経験がない。それに、幹夫自身、呑気《のんき》におっとりと育っているので、そういう問題を起こしたこともなかったのだ。

幹夫の家は、もちろん「お屋敷」と呼べるほど大きくない。親子三人で住むのに、そんな大邸宅なんて、必要ないのだ。それでも一人っ子の幹夫は、小学校へ入る前から、自分の部屋というものを持つことができた。

たぶん、父親の加賀丈広《たけひろ》が、少し年齢が行っていて（今、四十七歳だった）、収入も安定していたからだろう。幹夫は大体のところ、何不自由なく育って来た。

「畜生！」

幹夫がいくら「いい子」でも、こんな言葉はちゃんと（？）使うのである。

「テスト、テストかよ……」

もう、うんざりだよ！　幹夫は、ベッドに引っくり返った。——天井を眺めていると、いつも気持が落ちつく。といって、天井にアイドルスターのポスターが貼ってあるわけじゃなかった。

そこは少し薄暗くて、天井材の板に、少しひびが入っているらしく、貼ったクロスが少し裂けたり、歪《ゆが》んだりしている。それがとても奇妙な模様を作り出していて、子供のころから、幹夫はその模様を眺めながら、あれこれと想像するのが好きだった。

ちょうど、ただ散らばった星の間に、白鳥だのペガサスだのの形を見付けるように、幹夫もこの「天井の星座」に、嫌いな先生の顔だの、笑っている時計だのといった変ったものを発見して楽しんでいたのである。

こんなことが好きだというのでも分る通り、幹夫は、十五歳にしては少し夢見がちなところのある少年だ。中学三年生で、来年は受験を控えているというのに、友だちと競ってテストの点の一点の勝ち負けに、大喜びしたり、悔しがったりすることもない。

来週からはまたテストで、その結果は全部クラスの外の廊下に貼り出される。——幹夫は、まあ何とか真中辺りを保っていたけれど、彼がテストのために頑張って勉強するのは、自分のためというより、両親の悲しむ顔を見たくないからだった……。

でも——できることなら、もっともっと本を読んで、冒険や恋に（本当の経験はなかったが）、胸をときめかせていたかった。

この間読んだ本……。何ていったっけ。

そう。〈眠っている館〉だ。その古い館に住んでいるヒロインの少女を、幹夫はこの間、天井に見付け出したのだ。

あれが顔。髪が長くかかって……。ほら、スカートがフワッと広がってる。ダンスの途中でクルッと回った時みたいに。

もう少し顔がはっきり見えるといいんだけどな。でも、ああやって、髪で隠れてるから、いいのかもしれない。

だって、そこでは時間が止っていて、何百年も前からずっと、そのままの格好で生きていた少女だ。少しはこう——謎めいたところがなきゃ、面白くないものな。

見えないから、どんな少女なのか想像する楽しさがあるんだ。その古い館にしたって、本に添えられた絵は面白くない。本当はもっともっと古びてて、つたが館を包み込みそうなくらいに這《は》い回ったあげく、門の上の大きな〈S〉の字にも絡まって——。

幹夫は起き上がった。

「大きな〈S〉の字だって？」

母さんが言ったのは……。そうだ。あの本の中の館とよく似てる。煙突があって、屋根が尖《とが》ってて——。

もちろん、もちろん偶然に決ってるけど。だって、頭文字が〈S〉の人なんて、いくらもいるに違いないんだし。それに、その家は実際にそこに建ってたっていうんだから。

でも、面白いなあ、そんなことが起るなんて！

幹夫は、すっかり気分が良くなっていた。明日、学校の帰りに、その「お屋敷」っていうのを見に行こう、と決心したからだ。

何か面白いことが待っている！　そんな「明日」なんて、めったに来るもんじゃないのだ。

幹夫は、やりかけの予習をやってしまおうとして、窓のカーテンが半分しか閉まっていないことに気付いた。

母さんって、よくこういうことをやるんだよな。だけど、少しぼんやりしてるおかげで、時々はテストがあったってことも忘れてくれるんだから、カーテンぐらい、自分で引かなきゃ。細かいことに、いちいちやかましく言う母さんだったら、きっと毎日家へ帰るのが辛《つら》くなっちゃうだろうし……。

幹夫は、カーテンを引こうとして、ふと表に目をやった。二階のこの部屋からは、家の前の通りが見下ろせる。車がやっとすれ違えるくらいの広さしかない、夜は割合に寂しい道である。

そこに――街灯の光を斜めに受けて、一人の少女が、立っていた。

はっきり、幹夫の方を見ている。誰だろう、と思った。白っぽい服らしいが、光が弱くてよく分らない。

長く髪を肩にたらした、その少女は、幹夫と目が合うと、急いで暗がりの中へと消えて行った。――誰だろう？

知らない子だ。もちろん学校にもいないし、この近所でも見かけない。

でも、妙なのは――それでも、どこかで見たことがあるような気がしたことだった。

いつか、どこかで……。

幹夫は肩をすくめて、シュッとカーテンを引いた。

2　階段の少女

「加賀君！」

呼ばれても、幹夫は振り向かない。

どうせ分ってるんだ。こっちに聞こえてるってことも。そして、諦《あきら》めないで、追いかけて来る……。

「加賀君！　どうしてどんどん歩いてっちゃうのよ！」

と、腕をつかまれて、幹夫は仕方なく足を止めた。

「何だよ」

「何だよ、じゃないでしょ。返事ぐらいしてくれたっていいじゃないの」

と、ふくれっつらで幹夫をにらむのは、「ユッコ」こと、畑中由紀子《はたなかゆきこ》である。

「お前、ふくれてても、いつもとちっとも変んないな」

「何よ、その言い方。そういうこと言うからもてないんだ」

「放っといてくれ。『加賀君』なんて、気取った呼び方して」

「だって――もう中三よ、私たち。幼稚園のころなら、『カンちゃん』、『ユッコ』でいいけど……」

「別にいいじゃないか。何も恋人同士じゃねえんだしさ」

「ふん、だ。誰が！」

――それでも二人は一緒に歩き出していた。

「いつもと違う道でしょ。どこへ寄り道すんのよ？」

と、畑中由紀子は言った。

「角に新しく建った家があるんだ。そいつを見に行くのさ」

「知り合いの家？」

「別に」

「じゃ、何でわざわざ見に行くの？」

「見たいから」

由紀子は、ムッとしたように幹夫をにらんだが、何も言わなかった。

まあ、この二人、幼なじみなので、こうして喧嘩《けんか》するのも、遊びのようなものなのである。

「――ねえ、来週またテストよ。いやになるね」

「学校出たら、テストのことなんか言わないでくれよな」

「へえ、ちっとは気にしてるんだ」

「ユッコみたいな優等生じゃないもんな」

「カンちゃんだって、その気になればできんのにさ」

つい、昔通りの呼び方をして、気付かずにいる。

「ねえ、どこ行くのよ」

「だから言ったじゃないか。角に新しく建った家さ――」

幹夫は、足を止め、ポカンとして、その館を眺めていた。

こんなことってあるだろうか？――本当に、そんなことが？

「何だか古くさい家ねえ」

と、由紀子が言った。「でも、こんな所に家ってあったっけ？　私も、あんまりこの道は通らないけど、でも……。ピアノの先生の所行く時はよく通るもんね。こんなの、いつの間に建ったのかなあ」

幹夫の方を見て、全然聞いてないということが分ると、頭に来て、わき腹をドンと突いてやった。

「いてて……。何すんだよ！」

「だって、ぼんやりして何も聞いてないんだもん」

「いいだろ。お前と話しなきゃならない義務、ないんだから」

「あ、そう！　じゃ、バイバイ！」

由紀子は、頭に来て、さっさと行ってしまった。幹夫も、ちょっと言い過ぎたかな、と思ったが、しかし今はそんなことより、目の前の不思議の方が強烈だった。

そうだ。――あの本の中に出て来る通りの館《やかた》だった。それも、さし絵に描かれている遊園地のお城みたいなのじゃなくて、本当に幹夫が頭に描いた通りだ。

幹夫は、大きな〈S〉の字を浮彫にした門へ向って、歩いて行った。門は閉まっていたが、格子状の門扉なので、中を覗《のぞ》くことはできる。

これは――どう見たって、「新しい家」なんかじゃない！　何百年もたった、古い館だ。古く見せかけて建てる、ってことも、不可能じゃないだろうが、でもこんな風にはとても行くまい。門扉や、建物に絡んだつたにしたって、あんなもの一週間や二週間で伸びるわけもないし……。

幹夫が門の前に立って、ぼんやり眺めていると、キーッ、とかすかなきしむ音がして、門が細く開いた。それは、何だか風で吹かれたか、それとも門の歪《ゆが》みのせいで勝手に動いた、とでもいう感じだった。

どうしよう？　幹夫は――迷わなかった！　もちろん中へと入って行ったのである。胸がドキドキした。まるで自分が本の中の世界へ入って行くようで……。

もし、住んでる人が出て来て叱られたら？　構うもんか！　その時は、あんまりすてきなお家なんで、つい入ってみたくなったんです、とか、むちゃくちゃ誉めてやりゃいいんだ。自分のものを誉められて気を悪くする人間はいない、ということを、幹夫ぐらいの年齢になると、ちゃんと分っているのだから。

——幹夫が、建物の方へと歩いて行くのを、由紀子はそっと門の外から覗いていた。

また、門はいつの間にか閉まっていたのだ。

「勝手に入ってってって！　怒鳴られたって、知らないから」

と、呟《つぶや》いたものの……。

でも、やっぱり気になる。私も行ってみよう、と由紀子は思った。

そして門を開けて入ろうとしたが——門はびくともしなかった。


何が起ってもおかしくない、という日があるものだ。

たとえば、いつも完全に折り目の消えたズボンによれよれの上衣という格好の先生が、突然三つ揃いなんか着て、床屋行きたての顔で教室に現われた日とか、生徒をいじめることを生きがいにしているような先生が、妙なジョークを言った日とか……。

多少、ニュアンスは違うが、この時の幹夫も似たような気分だった。

建物へ近付いて行くと、思った通りドアが開いて、さあどうぞ、とでもいうように、ドアのノッカーがコトンと音を立てた。この時も、幹夫は一向に驚かなかったのである。

「——失礼します」

と、靴を脱いで上がると……。

そこは広い玄関ホールで、二階まで天井が吹き抜けになっていて、古びたシャンデリアが下がっている。そして、幹夫の家の、狭くて急で、その内きっと誰かが足を踏み外して転がり落ちるに違いない、と誰もが思っている階段とはまるで違って、幅の広い、ゆるやかな階段が、二階に向ってのびているのだった。

もしかしたら……。これで、あの「少女」が現われたら。

「そうか!」

どうして気が付かなかったんだろう? ゆうべ、道に立って、こっちを見ていた女の子——。あれは、〈眠っている館〉の中の少女だ!

「いらっしゃい」

と、上の方で声がした時も、幹夫は大して驚かなかった。

そう。こんな時、たいてい美しいヒロインは、広い階段を、ゆっくりと優雅な足取りで降りて来るものと決ってるんだから。

「君……」

「お会いできて、嬉《うれ》しいわ」

少女は、昨日見た通りの白い服で、長い髪を肩に垂らしていた。

「何だか変だ」

と、幹夫は、つい笑い出していた。

考えてみれば、小説の中の家だの人物だのが、目の前に現実に出て来るっていうのは、笑いごとじゃない。どっちかといえば、いささか薄気味の悪いことに入るだろう。

でも、幹夫は、何だかこれ全部が、一つの冗談みたいな気がして、つい笑ってしまったのだ。

少女の方は、幹夫が笑ったので、急に不安げな顔になった。

「私……どこか、おかしい?」

「いや、そうじゃないけどさ。だって、小説の中だけで会った奴に本当に会うなんてこと、ないじゃないか」

「そうね。でも……」

少女は、いささか恥ずかしそうに、「あなたがとても熱心に読んでくれていたし、それに……」

と、ためらってから、

「だから、一度、お会いしてみたくなったの」

「こんなことって、あるのかな」

と、幹夫は周囲を見回して、「触ったら消えちまうんじゃないのか」

「そんなことないわ」

「降りて来ないの？」

少女は、ずっと、階段の上の方に、立ったきりだったのだ。

「ええ、今、行くわ」

少女は、幹夫を、少しうるんだ瞳《ひとみ》で見つめながら、階段を降り始めた。

これは夢かな？　それとも——古いけど——タヌキにでも化かされてんのかな、僕は？

幹夫は、この先どうなるのか、見当もつかないままに、少女が降りて来るのを待っていたが……。

突然——足を踏み外したのか、少女が階段を転がり落ちて来た。

3　止った時間

少女がちょっと身動きして、それから目を開いた。

「大丈夫かよ」

幹夫は、少女に声をかけた。

「ええ……。また、やっちゃった。——痛い！」

少女は起き上がろうとして、顔をしかめた。

「また、って？」

「ゆうべも……。あなたの家へ行こうとして、二階から降りるとき、落っこちちゃったの」

「ドジなんだなあ」

大分、イメージが狂ってしまった。大体、こういう所の令嬢が、スカートの裾《すそ》を翻して転がり落ちて来るところなんて想像がつかない。

「だって——本になかったんですもの」

「何が？」

「本の中で、私が階段を降りるところが出て来ないの。だから慣れてないのよ」

少女はどう見ても真面目にしゃべっていた。

「本の中に、ね」

幹夫は肯《うなず》いて、「そうだっけ？　何となく階段を静かに降りて来る、って場面があったみたいだけど」

「ありそうでしょ？　でも、ないの。本当よ。もう一度読んでみて」

「分ったよ」

幹夫は笑って、「立てるのか？」

「ええ……。ちょっと肩を貸してくれる？　そこのドアが居間だから」

「大きなワシのはく製《せい》があるんだろ？」

「そう！　憶《おぼ》えててくれたのね！」

少女は嬉しそうに言った。

「何回読んだと思ってるんだ」

居間は、幹夫のイメージより少し狭い感じだった。——まあ、土地が狭かったのかもしれないな、と幹夫は思った。うちのリビングなんか、ソファがなかったら、ただの隙間みたいなもんだ。

「——もう大丈夫だわ」

と、少女は、幹夫から離れて、エヘンと咳払《せきばら》いすると、「よくいらっしゃいました」と改めて挨拶《あいさつ》した。

「ど、どうも」

幹夫はあわてて頭を下げた。

由紀子は、門の外から、建物を眺めていた。

ドアが開いて、幹夫が出て来る。一人ではなかった。白っぽい服の女の子が一緒だ。

「へぇ。——カンちゃんったら」

少女が手を振って、玄関で見送っている。幹夫が何か話しかけて、少女が、明るい笑い声をたてるのが聞こえた。

幹夫が歩いて来る。少女はドアを閉めて、建物の中へと消えた。

「——何だ、ユッコ。待ってたのか」

と、幹夫が、門の所まで来て言った。

「うん。この門、開かないよ」

「そんなことないだろ」

幹夫が押すと、門はスッと開いた。

「あれ？　本当にびくともしなかったんだよ！」

と、由紀子は目を丸くした。

「人を見るのさ」

「何よ、どういう意味！」

と、由紀子は幹夫をにらんだ。

「お前、どうしてずっと待ってたんだ？　先に帰ってりゃいいのに」

と、幹夫は歩き出しながら、言った。

「ずっと、なんてオーバーよ。ほんの二、三分よ、待ってたの」

「冗談言うなよ」

と、笑ってから、幹夫は、パッと足を止めて真剣な顔で由紀子を見つめた。「ユッコ、本当か？」

幹夫が急に真剣になったので、由紀子の方は戸惑った。

「何よ。――どうして？　自分だって分るでしょ。二、三分と二、三十分の違いぐらい」

「うん。――そうだな」

幹夫は、独り言のように呟《つぶや》く。「そうか……。やっぱり、そうなんだ」

「何が？」

「うん？　何のことだ？」

「私の方が訊《き》いたのよ。どうしたの、カンちゃん。おかしいよ、何だか」

「ああ。そうかもな。俺、先に行くよ。そんじゃ！」

幹夫は駆け出した。

「カンちゃん！　加賀君！　待ってよ！」

由紀子は、幹夫の後を追って走り出したが、すぐに諦《あきら》めた。いくら由紀子が活発な女の子でも、幹夫があんなに本気で走って行ったら、とても追いつけない。

「――もう！　馬鹿！」

由紀子は、ちょっとふてくされる。

ま、この「ふてくされ」には色々と理由もあるだろう。――幼なじみの仲としては、何でも平気で話し合える間柄でいたかったし、その一方では、やっぱり幹夫は男の子で、由紀子は女の子で（当り前だけど）、もう十五ともなると、ただ「昔から知ってる」ってだけで、特別の仲とも言えなくなって来る。それが、由紀子には、ちょっと寂しくもあった。

「カンちゃん……」

少し歩いて、それから由紀子は足を止めた。ちょっと立ち止って、迷って、それから——引き返してみた。

あの古い家。何だか気になった。

別に隠しているわけじゃないが、由紀子は、幹夫のことが、「気になって」いたのである。

それは、好きとか嫌いとかいう段階より前ではあるが、どこかで、そこへつながっている「気になり方」だったのだ。

幹夫が走って行って、由紀子が追いつけなかった時、ふと由紀子は胸をキュッとしめつけられた気がした。思い出したからだ。

幼稚園で一緒だったころ、幹夫は走るのが遅くて、よく他の男の子にからかわれて泣いたものだ。由紀子はそのころ、体も大きくて、足も速かったから、いつも幹夫を守って、他の子をにらんでやったりしたのだった。

もちろん、そんなのは昔の話で、幹夫は憶えてもいないだろう。由紀子がそんな話を持ち出したら腹を立てるかもしれない。

でも——由紀子は、もうあのころが遠くへ行ってしまったんだ、と改めて感じてしまったのだった。

——この家。

由紀子は、あの女の子のことを、気にしていた。別に、やきもちをやくとかいうのじゃなかったが、でも、この家自体、どこか妙なところがある。

というこことは、ここに住んでいる女の子にも、妙なところがある、ってことだろう。

それに、幹夫が言ってた妙なこと……。まるで、この家の中に、長いこと居たようなこと、言ってた。しかも、本気で、そう信じていた。

たった二、三分でしかなかったのに。

でも、考えてみれば、それもおかしい。

幹夫は、今日初めてここへ来たんだ。それなのに、入って行ってたった二、三分で、この家の女の子と、あんな風に仲良くなれるもんだろうか？

いや、大体が、幹夫は見も知らない人とすぐ打ちとけるタイプじゃない。どっちかというと、少ない友だちといつも一緒にいた方がいいって性格なのだ。

それなのに、初めての家の中へ、入って行ってしまったり……。カンちゃんらしくないわ、と由紀子は思った。

それに、この門、私が開けようとした時には、びくともしなかったのに、カンちゃんが出て来る時はスーッと開いた。それもおかしい……。

由紀子は、験《ため》しに、もう一度、門を開けようとした。——だめだ。全然動こうとしない。

「あ、いけない」

と、由紀子は思わず言った。

さっき、この門を開けようとして、格子をつかんだら、赤さびが手についてしまったのだ。またやっちゃった。ハンカチでつかめば良かった。

だが——手を見た由紀子は、あれ、と思った。手に、さびがついていないのだ。

でも、さっきは……。どうして今度はつかなかったんだろう?

由紀子はもう一度、門の他の所に触ってみた。すべすべしていて、どこもさびていないみたいだ。

さっきは、表面がざらついてるみたいだったのに。

「おかしいな……」

由紀子は、首を振って呟くと、歩き出した。

少し行って、振り返ってみる。

誰かが自分のことを見送っているような気がしたのである。でも、その門と、その奥の館《やかた》、どちらにも、人の姿は見えなかった。

それでいて、また歩き出した由紀子は、自分がずっと見られている、と感じ続けていたのだった。

4　幹夫の家出

授業中だった。

由紀子は、授業に何となく身が入らなかった。入らなくても、成績は悪くない。ま、優等生ってのは、そんなものである。

先生が、黒板に書いていた手を、ふと止めて、振り向いた。

はい、静かに、とでも言うのかな、と由紀子は思った。しかし——今、教室の中は、そんなにやかましいわけでもない。

「おい、畑中」

と、先生が呼んだ。

由紀子は、自分が呼ばれるとは思ってもいなかったので、すぐには返事ができなかった。

「畑中」

と、もう一度呼ばれて、やっと、

「はい」

と、立ち上がろうとした。

「いや、いいんだ」

先生は、座れ、というように手を振って、「加賀がどうしたのか、お前、知ってるか?」

「加賀君、ですか」

「うん。お前、昔からよく知ってるんだろう?」

クラスの男の子から、

「恋人同士です！」

「馬鹿、いいなずけだよ」

と、からかいの言葉が飛ぶ。

由紀子は、そんなのは無視していたが、でも確かに幹夫のことは気になっていた。

この二日、幹夫は学校を休んでいるのだ。

「お家から、連絡ないんですか」

と、由紀子は先生に訊《き》いた。

「うん。先生も気になるんで、電話してみようと思ってるんだが……。お前、何も知らないのか」

「知りません」

と、由紀子は言った。

「そうか。それならいい」

と、先生は肯《うなず》いて、また黒板の方へ向いた。

少しして、教室の戸がガラッと開いた。

「先生、お電話です」

と、事務の女の人が、顔を出す。

「ああ。――いいか、自習してろよ」

先生がそう言って出て行く。もちろん、みんなおとなしく、言われた通りに自習——なんてするわけがない。

たちまち、ワイワイガヤガヤと騒ぎが始まる。でも、由紀子は、一緒になって騒ぐ気にはなれなかった。

テストの後、二日間も休むなんて……。

テストの結果を気にして休むようなカンちゃんじゃない。きっと風邪でもひいて……。

でも、それならなぜ家の人が連絡して来ないんだろう？

幹夫の両親のことは、由紀子も昔から知っている。とても呑気《のんき》で、いい人だけれど、決していい加減な人たちじゃない。子供が学校を休むのに、連絡も入れないなんて……。

「あいつ、ガールフレンドができたんだぜ」

と、男の子の一人が大きな声で言った。「畑中、知ってるか？」

「何をよ」

と、由紀子は訊いた。

「見たんだ、俺。加賀の奴、変な白い服着た女の子とさ、夜、出歩いてたぜ」

「ふーん。そう」

「畑中、気にならないのか？」

「どうして私が気にするのよ」

と、由紀子は言い返した。

「ま、あの子、可愛かったからな。負けるぜ。きっと」

――由紀子は、聞いていないふりをしていた。

でも、その男の子の話は、でたらめではないだろう。その女の子というのは、たぶんあの、角に新しく建った館の……。

そのことと、幹夫が休んでいることと、何か関係があるのだろうか。――由紀子は、もちろん幹夫に女の子の友だちができたって別にどうってことはない、と思っている。

しかし、あの少女の場合は、少し特別だった。あの子は、どこか変っている。

由紀子は、周囲の騒ぎを気にしないようにして、本を読み始めた。――前から、幹夫が「面白いから読め」と言ってた本で、やっと本屋で見付けて買って来たのだ。テスト前だったので、買って来たきり、ページを開かずに置いていた。

それを、今、やっと開いてみたのである。〈眠っている館〉という本だった……。

戸がガタッと開いて、先生が戻って来た。教室の中は、たちまち魔法をかけられたようにシンと静まり返る。

しかし、先生は、授業に戻るのでなく、

「畑中、ちょっと来てくれ」

と、由紀子を呼んだのだった。

「はい」

由紀子は立ち上がって、先生について、廊下へと出た。

「うむ。今、加賀のお母さんから電話があった」

と、先生は言った。「困ったもんだ」

それは、この頭の大分薄くなった先生の口ぐせだった。

「加賀君、どうかしたんですか」

「一昨日《おととい》から、家に帰っていないそうだ」

「――まさか」

由紀子は、思わず言った。そんなこと――考えられない！

「あいつが家出するようなわけに、心当りあるか？」

と、先生は訊いた。

「家出なんて……。カンちゃん、そんなことしませんよ」

つい、昔の呼び方をしていた。

「しかし、実際に帰っていないんだからな」

「あの――事故とか、そんなこと、ないんですか」

「それも考えたらしい。警察へ届けて、調べてもらったりしている間に、連絡が遅れた、ということだ」

家出……。幹夫が？

「ご両親は、何か言ってますか」

「――先生」

「まるで思い当ることはない、ってことだった。もしかして、お前の方が何か知ってるかと思ってな」

「知りません、私」

「そうか。――なあ、畑中、正直に言ってくれ」

「何をですか?」

「加賀と、お前の間に――その――何かなかったのか?」

由紀子は顔を真赤にして、

「どういう意味ですか!」

と、怒鳴ってやった。

そして、ふと――。由紀子の脳裏に、あの館《やかた》と少女の姿がちらついた。

「――先生、私、捜しに行ってみます」

と、由紀子は言った。

「何か、心当りがあるのか?」

「はっきり分りませんけど……。でも、ちょっと捜してみたい所があるんです」

由紀子はそう言って、「でも――先生、私一人で行かせて下さい」

「どうしてだ?」

「どうしても。先生、お願い!」

由紀子の断固とした口調に、先生も押されて、うん、と言わざるを得なかった。

「じゃ、行ってくれ」

「はい！」

由紀子は、急いで席に戻ると、机の上を片付け、鞄《かばん》を手に教室を飛び出したのだった……。


息を弾ませて、由紀子は、あの角の館へと、やって来た。

古びた、見るからに陰気そうな……。

でも、門の前に立って、由紀子は戸惑った。

何だか……違う。どこか違っている。

同じ建物で、同じ門だけれど……。でも、どこかが違う。

何だか、いやに建物自体が、きれいになっているのである。漠然とした言い方ではあるが、由紀子としては、他の表現の仕方が分らなかったのだ。

門の格子も、この前見た時より、一段と新しく、ピカピカ光り出しそうで、触ってみても、その冷たい滑らかな感触には、初めて触れた時のざらついたさびの手応《てごた》えはなかった。

門を取り換えたのかしら？ それとも、きれいに磨いたのか。

でなければ……。もちろん、時間がたつにつれて新しくなるなんてことは考えられない。

そんなこと、あるわけがない。

門の前に立って、由紀子はどうしたものか、迷っていた。すると――奥の館の玄関のドアが開いた。

そして、幹夫が出て来たのだ。

由紀子はポカンとして、幹夫がいつもの帰り道と同様、鞄をさげて、あの少女に手を振ってから、門の方へ歩いて来るのを、眺めていた。

「――何だ、ユッコか」

幹夫は、門を開けて出て来ると、いつもの調子で、言った。

「カンちゃん……」

「何突っ立ってんだ？　帰るんだろ？」

「え？――うん」

二人は、一緒に歩き出した。

「どうだった、今日のテスト？」

と、幹夫が訊《き》いた。

「今日のテスト？」

「ああ。何だ、ユッコ、もう忘れちまったのか、テストのこと」

と、幹夫が屈託なく笑う。

こんなことって――こんなことが、あるんだろうか？

「カンちゃん……」

「うん?」

「あのね――」

と、由紀子は言った。

5　時間の進み方

「参ったな!」

と、幹夫は言った。「俺が家出なんか、するわけないじゃないか!」

「だけど、一昨日から帰ってないんだよ、本当に」

由紀子の話に、幹夫はびっくりしてはいたが、疑っている様子はなかった。

「ともかく、早くお家へ帰らないと」

と、由紀子は言った。

「うん……。だけど、何て言うんだ?　ちょっと寄り道してたら、二日たっちゃった、って?」

「しょうがないわよ。だって、お父さんやお母さん、死ぬほど心配してるよ」

「そうだな……」

二人は、何となく、足を止めた。

「カンちゃん――」

由紀子は、少しためらってから、言った。「本当は、あの家に、二日もいたわけじゃないんでしょ」

「せいぜい、二、三時間だよ。本当だぜ」

「何してたの？」

「それは――」

と、幹夫は詰った。

「言いたくなきゃいいけどさ」

「そんなことないよ」

と、幹夫は言った。「ただ……」


少女は、幹夫をもてなそうと、せっせと立ち働いてくれた。

テストが終ったら、また来るよ。――幹夫は、この前帰る時に、そう約束していたのである。

不思議だった。少女は前に会った時よりずっと活《い》き活《い》きして、楽しげで、しかし――やっぱり、「本に書いてないこと」は苦手のようだった。

「――どう？」

少女が作って出してくれたオムレツを、幹夫は一口食べて、目を丸くした。やたらに

甘い！　それでも、

「おいしくない？」

と、真剣な表情で訊く少女を見ていると、

「まずい」

とは言えなかった。

「うん。――ちょっと砂糖の入れすぎかもしれないな。でも、おいしいよ」

「そう」

少女はホッとした様子だった。「お料理ってしたことないから、心配だったの。書斎にあった本を参考にしたんだけど、古い本でしょ。ところどころ読めなくなってて」

なるほどね、と幹夫は思った。

紅茶をいれてくれて、これはおいしかった。ちゃんと本の中でも、紅茶をいれる場面がある。

「――君、名前は何ていうんだ？」

と、幹夫は訊いた。

少女が、ちょっと悲しげな顔になる。

「あ、そうか」

本の中でも、少女は名前がないのだ。「ごめん、変なこと訊いちゃって」

「いいの。何でも、あなたの好きな名前つけて構わないのよ」

「そういうわけにもいかないよ」

と、幹夫は言った。「でも――こんなこと、よくあるの?」

「こんなことって?」

「つまり……本当にこうやって世の中へ出て来るっていうか……」

少女は、少し考えてから、

「ごく、たまには」

と、答えた。

「そうか」

「いつまでもいられるわけじゃないの。それに、どこへでも出て行けるわけじゃないしね」

そりゃそうだろう。本の中の世界なら、いつまでも変らずにいられても、現実の世界となると、そうはいかない。

「この館《やかた》が建つだけの空地がなくちゃいけないし、その近くに、熱心にこの本を読んでくれる人がいなくちゃ、出て来られないし……。なかなか、そんなことって、ないんだもの」

「そうだろうな」

幹夫は、広い居間の中を見回した。「いつでも――一人で住んでるのか」

「そう」

本の中でも、少女はこの館に、一人で暮している。

「つまんないだろ、一人じゃ」

「でも、そうでないと、本と違っちゃう」

「それもそうか」

と、幹夫は笑った。

「クッキー焼いたの。食べる?」

「——うん」

一瞬考えた。本の中で、クッキー焼くところって、あったっけ。


「じゃ——本当に?」

由紀子は、つい念を押していた。

「信じなきゃ、それでもいいけどさ」

と、幹夫は言った。

「そうじゃないけど……」

すぐに信じる方がどうかしてるだろう。本の中の世界が、実際にこの近所に現われた、なんてこと。

「でも、ユッコも見ただろ、あの女の子?」

「うん。幽霊じゃなかったね」

「そうなんだ。一人ぼっちで寂しそうだからさ。つい話し相手になって……。でも、二日もたってたなんて!」

由紀子は、幹夫の話を信じていた。しかし、それを両親や先生に信じてもらえるかどうかとなると、話は別だ。

「——どうする?」

と、由紀子が言うと、

「こっちだって、分んないよ」

と、幹夫も途方にくれている。

「うまく説明しなきゃ。非行少年にされちゃうよ」

「よせやい」

「でも、どうしてそんなことになったのかしらね」

「たぶん……本の中の世界だと、時間の進み方が違うんだろうな。——ほら、たった一、二秒のことを、何ページも書くことだってあるし、『その何日後』とか、一言で飛んじゃうこともあるし」

「あ、そうか」

「いや、これは今思い付いたんだけどさ」

と、幹夫は笑って言った。「でも、きっと、本当にそうなんだな」

「だけど、それを他の人に信じてもらうのは大変よ」

「何か考えなきゃな」

と、幹夫は頭をかいた。

「私と駆け落ちしてたことにする？」

二人は、一緒に笑った。

もちろん笑いごとじゃなかったけど……。でも、少しは冗談でも言わないと。

「――迷子になった、とも言えないしな。どこかで頭打ってのびてた、とでも言うか」

「大騒ぎよ、そんなこと言ったら。きっと病院とか連れて行かれて」

「他に方法、ないだろ」

「うん……」

でも――まあ、ともかく無事に戻って来たんだから、幹夫の両親も何も言わないだろう。

問題は、それより、むしろ――。

「カンちゃん」

「うん？」

「い、また行くの？」

「どこへ？」

「分ってるでしょ」

幹夫は、ちょっと困ったように下を見て、足下の小石をけとばした。

「一応――また来る、って言っちゃった」

「だけど、どうなるの、こんなことが、またあったら？」

「うん……」

「『二日後』だから、まだ良かったけど、これがもし『一年後』にでもなったら、大変じゃない」

幹夫は、目をパチクリさせて、

「――そうか！　考えなかったよ、そんなこと」

と、声を上げた。

「もう、行かない方がいいよ。その子のことは可哀《かわい》そうだけど、でも、仕方ないじゃないの」

「そうだなあ」

「ずっと行かなかったら、諦《あきら》めて、他の子のところへでも行くんじゃない？」

「かもな」

由紀子は、ちょっと間を置いて、

「その子のこと、好きなの？」

幹夫は、肩をすくめて、

「そんな相手じゃないぜ」

と、言った。「な、考えてくれよ、何か、うまい言い訳を」

由紀子は黙って肯《うなず》いた。

――帰ったら、あの本を、じっくり読んでみよう、と思った。

6 地主

「けしからん!」

と、その太った男が言った。

由紀子は、足を止めて、それを見ていた。

「何てことだ! 勝手に人の土地にこんなでかい家を……」

――目をみはるような、大きな外国の自動車が、その館《やかた》の門の前に停ったので、由紀子は、立ち去りかけていた足を止めたのだった。

幹夫が「家出」から戻った三日後のことだ。幹夫の家出の言い訳は、あまりうまくいったとは言えなかった。大体、中学生が二日も姿を消して、

「何でもなかったんだよ」

と言ったって、親も先生も納得しなくて当り前である。

結局は、「説明できないような、よからぬ事情があったのに違いない」ということになって、幹夫は両親ともども学校で、注意を受けた。

さすがに、呑気《のんき》な幹夫の母親も、

「決して、こんなことがないように、よく監督いたします」

と、先生に頭を下げたらしい。

「だけど、その帰りに、うちの母さん、友だちと約束がある、って、出かけちゃったんだよな」

と、幹夫が愉快そうに言っていた。

由紀子も、そういう加賀家の雰囲気が、とても好きだ。

もちろん、由紀子も、小さいころから、沢山の友だちの家へ遊びに行っているが、とても居心地が良くて、帰りたくなくなる家と、うんともてなしてごちそうしてくれても、早く帰りたくなる家と二種類あるような気がしていた。

一体どこが、どう違うのか、よくは分らないけれども、今、十五歳になって、由紀子はこう考えている。——親が子供を信じている家と、信じていない家の違いじゃないかしら、と……。

「信じている」というのは、決して、

「うちの子に限って、そんなことは——」

というタイプの親のことじゃない。

むしろ、

「子供は、失敗もするし、間違いもするものだ」

と分っていて、そこも含めて、子供を愛している、ということなのだ。

自分の子供の「いいところ」だけを――それも、親にとって都合のいいところだけ、なんだけど――愛している人は、自分でも知らないうちに、子供を追いつめて、苦しめてしまうのだ。

幹夫の家は、もちろん前のタイプだ。由紀子自身の家にしても、そうだった。だから、幹夫の「家出」騒ぎでも、両親は、幹夫が無事に帰って来たことで、安心してしまっていた。

そのこと自体には、由紀子もホッとしたのだが、しかし、安心していられないのは、由紀子だけが、「本当のこと」を――それが、どんなにとんでもないことかを、承知していたからである。

だから、こうして、今日もつい、この角の館を見に来たのだ。幹夫が、ここへ立ち寄っていないか、確かめたいという気持も、ないではなかった。

ところが――その太った男が、大きな車で現われて、思いもかけない成り行きになって来た。

「おい、ここで待ってろ」

と、太った男は、車の運転手にそう声をかけると、門の方へと歩いて行った。

だが、もちろん、門は押せども引けども、少しも動かない。男は、苛々《いらいら》した様子で、どこかにインタホンらしきものがないか捜しているようだった。

「畜生！」

と、吐き捨てるように言うと、車へ戻って行く。

諦めたのか、と由紀子が思って見ていると、男は車の外から、運転手に何か言っている。――何度かやりとりがあった。

そして、男は、車から離れて、門のわきに立った。車は、少しバックすると、ハンドルを切って……。

「うそ!」

と、思わず由紀子が口に出して言ってしまったのも当然だろう。

その大きな車は、門に正面からぶつかって行ったのだ!

ただ、ぶつかるといっても、ゆっくり走って来てのことだから、車も門も、そうひどく傷ついたわけでもないだろう。それにしても、車が当って、門は大きな音をたてて、揺れた。

門を壊して入る気はないらしい。車はそのまま少しバックして、また門へ鼻先をぶつけた。館の中の人間を、ここへ呼び出してやろう、というわけだ。

「おい待て」

と、男が、運転手の方へ手を上げて見せた。

館から、あの少女が姿を見せたのだ。由紀子は少し後ずさりして、少女の目につかないようにした。

「――何してらっしゃるんですか?」

少女は、別に怯《おび》えた様子もなく、訊《き》いた。

「中へ入りたいが、他に方法もないので、ノックしたのさ」

と、男は平然と言った。

「どんなご用ですか」

「それはこっちの訊くことだね。なぜ、私の土地に、勝手にこんな物を建てたのか」

少女は、少しの間、その男を見つめていたが、

「ここの土地を……」

「ここの地主だ。君はここの娘さんか?」

少女は、答えなかった。男は続けた。

「親父さんに会わせてもらおう。ここは間もなくマンションになる。こんな家は即刻取り壊してもらわんとな」

少女は、ちょっと館の方を振り向いて、

「――じゃ、お入り下さい」

と、言った。

少女が引くと、門がスッと開いた。男は少々面食らったらしい。

「どうぞお車も」

門が両側へ一杯に開くと、大きな車が中へ滑るように入って行く。男は、その後から、やたらそっくり返って歩いて行った。

少女は、門を閉めた。それはまあ、当然のこととしても――それから、館の方へ戻ろうとして、一瞬、道を眺め渡したのだ。その目は、どこか不安げで、人目がないかを、ひどく気にしているように見えた。

由紀子は、ハッとして、電柱の陰に身を隠したので、少女には見られなかったらしい。そっと覗《のぞ》くと、少女が足早に玄関へと入って行き、あの太った男がそれについて中へ消えた。大きな車は、そのまま玄関前に横づけになっていた。

――地主か。

由紀子は何となくホッとした。

もちろん、幹夫のように、この幻想みたいなできごとを、少しも不思議がらずに受けいれてしまう気持も、分らないわけじゃない。

でも、やはり由紀子としては、不安だったのだ。幻想は、あくまで幻だから美しいので、それが現実になってしまう、というのは、何か間違っている、という気がした。

だから、ここの「地主」なんていう、散文的な、幻や夢とは何の関係もないものが入りこんだことで、この奇妙な「幻影の家」も、消えてなくなるんじゃないか、と思ったのだ。

もちろん、今のところ、館《やかた》はちゃんと、そこにあったけれど。

由紀子は、歩き出した。――気にはなったが、いつまでもここにいるわけにはいかない。

由紀子にも、「習いごと」なるものがあって、もう、ピアノのレッスンに間に合うかどうかという時間だったのだ。

少し歩いてみて、由紀子は足を止めた。どうしても気になる。

由紀子は、駆け足で戻って行った。あの館が、そっくり消えてなくなっている、なんてことが……。

息を弾ませて戻った由紀子は、失望することになった。——その館も、門も、ちゃんとそこにあった。何の変りもなく。

ただ……。あれ、と思ったのは、ついさっき、玄関前に停っていた、あの大きな車が見えなくなってしまったことだ。

いつの間に行っちゃったんだろう?

あの、強気だった地主が、ほんの一、二分で帰ってしまうなんてことがあるだろうか? それに、どう考えても、あの車が、また門を出て走って行けば、その音ぐらいは由紀子の耳に届いているはずだ。

由紀子は、ゆっくりと門の方へ歩いて行った。奥の館からは、誰も出て来る様子はない。

こわごわ手を伸ばして、そっと門に触れる。すると——門が、まるで生きもののように、それに反応して、スッと開いた。

由紀子は、ハッとして手を引っ込めた。門は、まるで「こっちへおいで」と手を差しのべているような様子で、人、一人が通れるくらいの幅に開いている。

由紀子は、膝《ひざ》が震えた。こんなに「怖い」と思ったのは初めてだ。

まるで、この館が、手を伸ばして自分を捕まえようとしているかのようで、思わず後ずさった。すると、門はまたスッと閉じた。おそらく、もう押しても引いても、びくともしないだろう。

しかし、それを確かめるために、門に手を触れる気には、とてもなれなかった。

由紀子は逃げるように、その場を立ち去ったのだった……。

7　雲の形

「私、調べてみたわ」

と、由紀子は言った。「やっぱり、あそこの土地を持ってる人、三日前から行方不明になってるのよ。車ごと。――消えちゃったんだわ。ちょうど、私がその人と車を見た日から、よ。偶然じゃないと思わない？」

由紀子は、しばらく待って、幹夫が返事をしないので、戸惑った。聞いてないの？

そう訊こうとして、幹夫の方を向く。

――昼休みだった。

いいお天気で、青空を雲がゆっくりと形を変えつつ、流れている。

芝生の上に、由紀子は座り込んでいた。幹夫の方は、仰向けに寝て、青空を眺めている。

「カンちゃん」

と、由紀子が言いかけると、

「だめだなあ」

と、幹夫が言った。

「え？」

「雲さ」

「雲？——雲がどうかした？」

由紀子は空を仰いで、目を細めた。

「もっと子供のころならさ、雲の形がどんどん変って行っても、すぐに、あ、今は牛になってる、とか、魚になった、とか、タンカーだ、とか、色んなものを次から次に連想できたんだ」

幹夫は、懐かしそうな声で言って、「でも——」

と、かすかに首を振った。

「今は？」

「だめだよ、今は。一つ考えるだろ、これはスキーヤーだとか。そうなると、その雲の形が変ると、腹が立つんだよな。別に、雲の方はこっちに合わせる義理なんかないのに……。頭が固くなってんだろうなあ、僕らも」

「でも、カンちゃんはまだまだ自由だよ」

と、由紀子は言った。「私なんか、ロールシャッハテストやられたって、学者の方が困るんじゃない？　ただのインクのしみに見えます、とか言っちゃってさ」

幹夫は笑った。由紀子も笑った。

その笑いのハーモニーは、ずっとずっと小さいころと同じだった。でも、――笑っていられる場合じゃないんだってことを、二人とも知っているのだ。

「――ね、カンちゃん」

「考え過ぎだよ、ユッコの」

と、幹夫は言った。「あの女の子が、地主のおっさんと、でかい外車をどこかへ消しちゃったって言うのか？」

「分んないけどさ……。でも、私、感じたのよ。あの建物って、どこかおかしいわ」

「そりゃ、架空のものだもんな、もともとが」

「カンちゃん」

由紀子は、幹夫の隣に、腹這《はらば》いになって、「もうあの家に行かないで。お願いだから」

「どうして？」

「心配なんだもん！　この前みたいなことがまたあるとしたら――」

「もうそんなことない。大丈夫だよ」

幹夫の口調で、由紀子には分った。

「カンちゃん。また行ったのね？――そうなのね？」

と問いかける。

「まあな」

幹夫は、ちょっと「しまった」という顔をしたが、すぐにさりげない様子で言った。

「向うは何百年も話し相手なしだったんだ。寂しいんだよ。だから僕が話し相手になってやる。――構わないじゃないか、それくらい」

「知らない内に二日もたってたのよ、この前は」

「あれは謝ってたよ。僕に料理作ったりしてて、ついうっかりしちゃったんだって。もう絶対にそんなことしないから、って言ってたよ」

「そりゃそうかもしれないけど……。でも、その子のこと、信じないわけじゃないけれど、やっぱり心配よ」

「子供じゃないんだぜ。心配すんなよ」

と、幹夫はうるさそうに言った。

もっと言いたいのを、由紀子は、何とかのみ込んだ。

幹夫を怒らせたくなかったのだ。それに、止めようとしたって、幹夫自身が、行くのをやめようと思わなきゃ、止めることなんかできっこない。

「分ったわ」

と、由紀子は言った。「だけど——少なくともあの地主さんの行方が分らない内は行かない方がいいわよ」

「何年か、ひょっとすると何十年か先の世界に、送られちゃったのかもしれないぜ」

と、幹夫はおどけて言った。「でなきゃ、ずっと昔か。——今ごろ、外車で江戸時代とかを走ってたりしてな。面白いぞ」

「カンちゃんったら！」

由紀子はムッとして、「人が心配してるのに、ふざけてばっかりいて！」

と、立ち上がった。

「ユッコ——」

「どこへでも行っちゃえば？　あの女の子と一緒に！」

由紀子が、ほとんど駆け出すような足取りで、校舎へ戻って行く。

「おい、ユッコ！」

と、幹夫が起き上がって呼ぶと、由紀子はパッと振り向いて、

「私、『ユッコ』じゃなくて『由紀子』なんだからね！」

と、大声で言って、そのまま行ってしまう。

やれやれ、と幹夫はため息をついて、立ち上がった。

「ヒステリー」

と、小さくなった由紀子の後ろ姿に、呟《つぶや》いてみる。

由紀子の心配は、幹夫にも分っている。でも、あの少女が、人に危害を加えたりしないことぐらい、幹夫にもよく分っているのだ。何といっても、あの本を隅から隅まで読んで、あの少女のことは、誰よりもよく知っている。

あの子は、ただ寂しいだけなのだ。

だって——いくら本の中の人間だから、って、いつまでも一人で、話し相手もなく、過さなきゃいけないなんて……。そんな悲しいことがあるだろうか？

本の中で、少女は外の世界へと出て行こうとするのだが、結局はまた一人ぼっちの生活を選んでしまう。だから——いつも少女は一人でいる定めなのだ。

地主か……。

館《やかた》がたとえ「幻」であっても、少なくとも今は、現実にあそこに建っている。ということは、いつかそんな風に、地主が現われることも、当然予想できただろう。

地主が行方不明、か……。

「まさか」

と、幹夫は呟いた。

そんな奴なら、他にもいくらだって恨んでいる人間がいるだろう。何も、あの少女でなくても。

由紀子の取り越し苦労さ。そうだとも。

午後の授業を告げるチャイムが鳴った。幹夫は、立ち上がって、伸びをすると、校舎へと戻って行った。

――教室へ入った幹夫は、つい由紀子の席の方へ、目をやっていた。

「あれ？」

机の上が、きれいに片付いて、鞄《かばん》も見えない。幹夫は、由紀子の隣の席の女の子に、

「おい、畑中、どうしたんだ？」

と、訊《き》いてみた。

「由紀子、早退」

「早退？　何で？」

「知らない。何だか頭が痛い、とか言ってたよ」

聞いていた男子生徒が、

「畑中がいないと、寂しくてだめか」

と、からかった。

「馬鹿言え」

と、幹夫は言い返した。

「加賀君、由紀子をいじめたんじゃないの？」

と、訊く女の子もいる。

「いじめられて、おとなしく泣いてる奴じゃないよ」

と、幹夫は言った。

「ああ！　そういうひどいこと言って！　乙女心を傷つけてんだぞ」

女の子たちが、キャーキャーはやし立てる。幹夫は、構わないことにして、そのまま自分の席へと戻って行った。

8　肖像

門の前まで来て、由紀子は、しばらくためらっていた。

怖くない、と言えば嘘になる。でも――他には、いい方法を思い付かなかったのだ。

門は、閉じていた。そして、館にも人の姿は見えない。でも、いないわけじゃないのだろう。

この間、あの地主が車を門にぶつけたら、あの少女が出て来た。ちゃんとこの場所の様子を、どこかから見ているのかもしれない。

由紀子は、深呼吸をした。――ともかく、やってみるしかない。

門に手を触れようとして、ちょっと迷った。心を決めていたから、怖いわけじゃなかったのだ。ただ、もし万が一のことがあったら……。

由紀子は、門から少し離れた植込みの陰に、目に付かないように、自分の学生鞄を隠しておいた。

そして、ピンと背筋を伸ばすと、門に向って真直ぐ歩いて行き、手をのばす。

今度は開くだろうという予感みたいなものがあった。それは正しかった。手が触れただけで、門はスッと少し開いたのだ。ためらうことなく、由紀子は門の中へと入って行った。

——何だか、不思議な感じだ。門の中といったって、建物の中とは違って、外に変りはないのに、何となく空気が違う。

気のせいだわ、と自分へ言い聞かせた。

ムードっていうのに、人間の感覚は大いに左右されるんだから……。

玄関の手前で、由紀子は足を止めた。下の土に、かすかだが、タイヤの跡が残っている。たぶん、あの大きな外車のタイヤだろう。

もちろん、今となっては、そのタイヤ跡を追って行くことなどできないけれど。

玄関のドアが開いた。由紀子が顔を上げると、あの少女が立っている。

「何かご用ですか」

と、少女は訊いた。

「え——あの——」

由紀子は、この時になって、この少女にまずどう話をしようか、決めていなかったことを思い出した。

「ああ！」

と、少女が微笑んだ。「幹夫さんのお友だちね」

「ええ……」

由紀子は、戸惑って、「どうして知ってるの?」

「幹夫さんから、聞いたことがあるの。小さいころから、お知り合いなんですってね」

「ええ、まあ……」

カンちゃん、ったら！　勝手に私の悪口なんかしゃべったんでしょ！――由紀子は勝手に怒っている。

「どうぞ」

と、少女は、わきへ退いて、由紀子を促した。

このために来たんだ。由紀子は思い切って、館の中へと入って行った。


家に帰った幹夫は、一休みしてから、由紀子の家へ電話を入れてみた。

「――あ、加賀幹夫です」

「あら、カンちゃん。どうしたの?」

由紀子の母とも、もちろん、古いなじみだ。

「ユッコ、どうですか」

と、幹夫は訊いた。

「え?　まだ帰ってないけど……。由紀子がどうかした?」

「そうですか。あの――」

幹夫は、ちょっとあわてて、「いえ、ちょっと、何だか頭が痛いとかって言ってたんで……」

「由紀子が？　あら、それじゃ帰ったら、訊《き》いてみるわ。でも、丈夫な子だから。わざわざ心配して電話してくれたの？」

「ええ……」

「悪かったわね。あの子ったら、頭が痛いのなら、早く帰って来りゃいいのに。戻ったら、電話させるわ」

「すみません」

幹夫は電話を切って、首をかしげた。

あいつ……。昼で帰ったくせに、今ごろまでどこをうろついてるんだ？

人のこと、あれこれ言っといて！　幹夫は、肩をすくめて、自分の部屋へと上がって行った。

ベッドにひっくり返り、天井を見上げる。

いつも通りの、色んな顔が、幹夫を見下ろしている。

あの少女と、話したりするようになってから、却《かえ》って天井に、少女の姿を見付けることはむずかしくなった。どう想像力を働かせたって、本物そっくり、ってわけにはいかないのだから、違うところばかりが目に付いてしまうのである。

幹夫は、手をのばして、あの本を手に取った。ゆっくりとページをめくって行く。

「——仕度をしていないので、少し待ってね」

と、少女は由紀子を居間へ残して、出て行こうとする。

「あの——お構いなく」

と、由紀子は言った。「すぐ帰るから」

「そんなこと言わないで」

と、少女は、ちょっと悲しげな目で、由紀子を見た。「すぐ紅茶をいれるわ。——紅茶をいれるのだけは上手なの」

それは由紀子も知っていた。断るわけにもいかない。

「じゃ……」

と、ソファに腰をおろす。

少女は出て行った。——由紀子は、何となく落ちつかなかった。

もちろん、少女に話すべきことは、分っている。——幹夫をこれ以上、本の中へ引きずり込まないで、ということだ。

でも、どう話したものか。由紀子は、こんなこともあるかもしれない、と信じているが、でも、いざ口に出すとなると、何だか馬鹿みたいに聞こえるんじゃないかしら、と思ったのだ。

でも、ともかく正面切って話すしかない。相手が吸血鬼か何かなら、十字架だの聖水だので退散させることもできるかもしれない。でも、この相手は、そうはいかないのだ。

由紀子は、じっと座っていられず、立ち上がって、居間の中を、ゆっくりと歩いた。

広い。――ため息が出るくらいの豪華な部屋だ。

由紀子も、あの本は読んでいるが、こんなに立派な居間だとは、思わなかった。

由紀子は、窓から、庭を眺めた。そして……。

ふと、誰かの視線を感じて、振り向いた。でも、居間の中には、由紀子一人しかいない。

誰も見ているわけがないのに――でも、確かに、見られているような……。

由紀子の目は、居間の壁に並んだ肖像画に止った。あの少女の、親や、その親たちだろうか。

本の中には、ただの「肖像画」としか出ていなかったと思ったけど。

由紀子の目は、一つ一つの肖像を追って行ったが、その一つに、目が止った。どこかで見たことのあるような顔が、描かれていたのだ。

ずいぶん新しい絵のようで、絵具の光り具合も、生々しい。――中年の男の絵。

誰だろう？　どうして、どこかで見たような気がするんだろう？

首をかしげていると、

「お待たせして」

と、少女が盆を手に、入って来た。

——紅茶は、本当においしかった。

「私、あなたにお願いがあって来たの」

と、由紀子は、紅茶を半分ほど飲むと、言った。

「何かしら？　私、大したことはできないけど……」

「あなたのことは、よく知ってるわ。私も、〈眠っている館〉を何度も読んだから」

「幹夫さんからも聞いた？」

「ええ。あなたが、長い間、ずっと一人ぼっちだったことは、気の毒だと思うわ。でも、幹夫君は本の中の人間じゃない。もちろんあの本のことは好きかもしれないけど、いつか、必ず卒業する時が来るわ。そうでなきゃおかしいのよ」

少女は、別に反論するでもなく、黙って由紀子の話を聞いていた。

「あなたが、この間、幹夫君を二日間もここに置いてたことは、ついうっかりしたんだと思うけど。でも——いつまでも、こんなこと続けていられないでしょう？」

「どうして？」

と、少女は、じっと由紀子を見つめて、訊いた。

「どうして、って……。だって、そうでしょう。現に、ここの土地を持ってる人が、やって来たはずだわ」

少女は、ドキッとした様子だった。そして由紀子も、自分の言葉に、ハッと息を呑んだのだった。

あの肖像画！　あの絵は——間違いない、あの地主の絵だ。

どうして、行方不明になった人の肖像画が、ここにあるのか。

直感的に、信じられないような結論を、由紀子は出していた。——あの地主は、あの絵に、閉じ込められたのだ……。

由紀子は、肖像画を見て、それから少女へと視線を戻した。

少女は、立ち上がっていた。青ざめた顔は、何かを決意したように、固くこわばっていた……。

「何するのよ……」

と、由紀子は後ずさった。「私も、あの地主みたいに、絵にして飾っておくの？」

少女は首を振った。そして、急に目を輝かせた。

「そんな必要ないわ！」

と、少女は言った。「もう、幹夫さんは私のものなんだから！」

「何ですって？」

由紀子が青ざめた。「それ——どういう意味なの？」

「この家はね、今日までしかここにいられないの。でも、あと一度、幹夫さんがここへ入って来てくれたら……。そうしたら、幹夫さんは本の中の人になるのよ」

「でたらめだわ！」

と、由紀子は言い返した。

「本当よ。私がどうしてあんなことまでしなきゃいけなかったか、分るでしょう」

少女は、あの肖像画を見た。「私が行って連れて来ることはできないの。自分から進んでここへ来てくれないと。あと一度。あと一度で、いいんだから」

「今日中には、カンちゃんは来ないわよ」

と、由紀子は言った。

「いいえ」

「どうして分るの？」

「現に、今、こっちに向ってるわ」

「まさか！」

「本当よ。家で私の本を開いて、見付けたから」

「何を？」

「あなたの話した、その地主の乗っていた車が、置物になって庭に置かれてるのを。前にはなかった文章が付け加わってるのを見たのよ」

「でも――」

「あなたがここに来ているのを、分ったんだわ。だから駆けつけて来るのよ」

由紀子は、少女の弾むような言葉が嘘ではないと知った。

「やめて！　そんなことといけない！」

と、由紀子は叫んだ。

「どうして？　私はずっと一人だったのよ。——私の前を素通りして行く人たちを、私は手をのばして引き止めることもできなかったのよ」

少女は、頰を紅潮させて、「私はあの人が好きなんだもの。ずっと、そばにいてほしいんだもの」

と、力強く言った。

「それなら——誰かにいてほしいのなら、私を連れて行けばいいわ！」

由紀子は叫ぶように言った。「肖像にでも置物にでも、何にでもして。——でも、カンちゃんをここへ閉じこめないで！」

少女の目が、由紀子の燃えるような視線を真直ぐに受け止めた。


やっぱりか……。

幹夫は、由紀子の鞄《かばん》を拾って、館の門の方へ目をやった。

「あいつ……」

不安に捉《とら》えられて、幹夫は鞄を投げ出すと、門に向って走った。

「——止って！」

思いがけない声が飛んで来て、幹夫は門の手前で、足を止めた。

「ユッコ！」

閉じた門の中に、由紀子は立っていた。

「カンちゃん、帰って」

と、由紀子は言った。

「何してるんだ」

「門に触らないで。私、あの子と話があるの。だからカンちゃんは、来ないで」

「だけど……」

幹夫はためらった。

「心配しなくていいから。――今夜は帰らないかもしれないけど、私のことは大丈夫。心配しないで」

と、由紀子は言った。「ね。――今日は黙って帰ってよ」

「大丈夫なのか？　ユッコの言ってた車が――」

「知ってるわ。私、ちゃんとあの女の子と冷静に話をするの。だから、二人だけの方がいいのよ」

幹夫は、それでも迷っていた。理由の分らない不安が、足を止めていた。

「早く帰って」

と、由紀子は言った。「私の鞄、見付けた？」

「うん……」

「じゃ、持って帰ってくれる？」

「分った」

幹夫は、門から離れて、鞄を拾い上げると、振り向いた。

「——遅くなっても、帰れよ」

と、幹夫は言った。「お母さんが心配するぞ」

「うん。分ってる」

と、由紀子は肯《うなず》いた。

「じゃあ……帰るよ」

幹夫は、何となく心残りな、重い足取りで、歩き出した。

由紀子は、固く閉じた門を、しっかりとつかんで、幹夫の姿が見えなくなるまで、見送っていた。——日が暮れかけて、夜になろうとしている。

薄暮の中に、幹夫の姿は溶けるように消えて行った。

「——さよなら、カンちゃん」

と、由紀子は言った。

また本の中で会おうね。——明日、あの本をめくったら、その中に、私がいる……。

カンちゃんには見えないかもしれないけど、きっと私の方からはカンちゃんが見えるんだ。

考えたこともなかったけれど……。

私が本の中で出会った人たちは、こっちから見ているのと同じように、向うからもこっちを見ていたのかもしれない。

本のこっち側に、世界があるように、本の向うにも一つの世界があって……。

門の格子を、もう一度しっかりと握りしめてから、由紀子は、館《やかた》の方に戻って行こうと、歩き出した。

ギギギ……。かすかな、きしむ音が、背後で聞こえた。由紀子は足を止め、振り向いた。

門が開いている！

門は、大きく両側に開いた。一杯に、これ以上開かないというところまで。

由紀子は、館の方を振り向いた。玄関のドアが開いていて、あの少女が、左手をドアのノブにかけたまま、立っていた。

少女が由紀子に向って、右手を上げ、ゆっくりと振って見せると、静かにドアを閉じて姿を消した。

由紀子は、またあの少女が、一人ぼっちの世界へと戻って行ったことを、知った。

「ありがとう！」

と、低い声で言うと、由紀子は開かれた門から、外へ出た。

門は、赤くさびて、再び光る日が来るようには見えなかった。

日が落ちて、急に辺りが暗くなる。

闇が、その館をスッポリと包む。――再び、明るさが戻っても、もうそのときには館も門も、消えてしまっているだろう、と由紀子には分っていた……。

——学校の帰り道だった。

「ユッコ!」

幹夫が、追いかけて来た。

「カンちゃん。どうしたの?」

「いや……。昨日、あの本を開いてみたんだよ」

「そう」

「ユッコも?」

「うん」

由紀子は肯いた。

二人は、あの館のあった方へと、足を向けている。

妙な事件は、しばらく話の種になった。

いつの間にか建っていた古い館が、またいつの間にか、消えてしまって、後の空地には、行方不明だった地主が、大きな車の中で、運転手ともども眠り込んでいるのが発見されたのだ。

幹夫の母は、また相変らずの話し方で、夫に、「消えた館の謎」をひとくさり語って聞かせたのだった……。

「悪かったたな、ユッコに心配かけて」

と、幹夫が言った。

「そんなこといい。カンちゃんが、それだけもてるってことだもんね」

と、照れたように由紀子は笑って言った。

「だけど――本当にあんなことってあったのかな」

と、幹夫が言うと、由紀子は肩をすくめて、

「あった、って信じればいいじゃない。他の人がどう思っても」

「そうだな」

幹夫は、今ではもう天井に、あの少女の姿を見付けられなかった。天井がどうかなったのか。それとも幹夫の方が変ったのかもしれない。

「私たちが信じてるってこと、あの女の子にも通じるわよ」

「そうだな」

――あの本を、久しぶりに開いた幹夫は、居間の描写の中に、前にはなかった一行を見付けたのだった。

〈一枚の絵は、十代の、若い恋人同士の絵だった。どんな力でも引き離せないくらい、二人の微笑は、良く似ていた……〉

――あの角を曲った幹夫と由紀子は、足を止めた。

「いつの間に……」

と、由紀子は呟《つぶや》いた。

あの空地には、また一軒の家が出現していた。しかし、今度は幻でも何でもない、真新しいマンションの骨組が、見上げるほどの高さに達していたのだ。

トラックが、地面を揺るがすような音をたてて走って来ると、工事現場へと入って行く。

——幹夫と由紀子は、しばらくその光景を眺めていたが、やがて一緒に歩き出した。

もう誰も、その二人を見送ってはいないようだった……。

あなた

1 橋

つい時計を何度も見ていたのだろう。

「小栗《おぐり》君はデートかね、今夜は」

と、課長の橋山《はしやま》がからかうように言った。

「いえ、別に……」

どぎまぎしてあわてて目を机の上に戻す。

——おかしい。いつもなら、午後三時には出かけるのに。

もう、四時になるところだった。今日はどうしたのかしら?

汗が背中を伝い落ちる。暑くもない——いや、むしろ少し肌寒いくらいなのだ。それなのに……。

小栗貞子《さだこ》は、ともかく机の上の仕事に集中しようと努力した。

「もうこんな時間か」

と、橋山がやっと腰を上げた。「今日は夕食会で遅くなるんだ。出かけてくるから、小栗君、後を頼むよ」

「はい」

ホッとした気持が顔に出ないように苦労した。伝票には、でたらめな数字が並んでいる。

四時とはいえ、都会のオフィス街の郵便局とは違って、こんな小さな田舎町の郵便局には、ドッと郵便物を抱えてくるOLはいない。

それでも、閉める時間が近付いてくると、お客がふえるのはここも同じ。

橋山が席を立ってロッカールームの方へ行きかけると、

「もう来てる？　ねえ！」

と、声の方から先に飛び込んでくる。

「ああ、今日は」

と、橋山はその髪を振り乱した女に、穏やかに笑いかけた。

「ねえ、今日なのよ！　間違いないわ。そうお告げがあったの……」

「小栗君」

と、橋山が促す。

「今日は来ていません」

と、小栗貞子は言った。

「――お聞きの通りでね」

「変だわ。そんなわけないのよ」

女は貞子のいるカウンターの窓口へと走り寄ると、「確かに、聞いたの。今日は間違いなく着くって。ね、今日の郵便、もう一度捜してちょうだい！」

「でも、書留なら――」

「小栗君」

と、橋山が言った。「ああおっしゃってるんだ。調べてごらん」

貞子はチラッと時計を見た。――これで二十分近くもかかってしまうのだ。

でも――そうだ。いつ、いつも通りに。

いつもなら、この少し頭のネジのゆるんだ女と一時間でも付合ってやっている。それを今日に限って追い帰したら、変に思われる。

いつもの通り。いつもの通りに見せなければ……。

「じゃ、出かけてくる」

橋山が上着を着て出てくると、表の扉を開けて出て行った。――これで、郵便局の中は貞子とその女の二人きり。

「あの課長さんとはねえ、小学校で机を並べたことがあるのよ。あのころは鼻水ばっかりたらして、課長さんなんかになるなんて、誰も思わなかったのよねえ……」

独特の、声を立てない笑い方。これも神経にさわるのだが、何より同じ話を少なくとも三十回は聞かされているのが、正に地獄の責苦である。

一通一通、ていねいに書留を見ていく。

「あの子はねえ、いつもケーキを二つ食べたいところを一つで我慢して、私の所にお金を送ってくるのよ」

このやりとりも毎回くり返される。男の子なのに、どうして「ケーキ」なのか、それがおかしい。

「ご立派ですねえ」

「――ありませんね」

と、貞子は全部見終って言った。

お願い。これで帰ってよ。帰って！

「変ねえ……。今日に限って、書留にするのを忘れたってこともあるわね。普通の郵便の中にない？」

いい加減にして！

貞子は叫びたかった。わめき散らしてやりたかった。

そうだ。どうせ、もうこの町にはいなくなるのだから、どう思われたって構うもんか。

それでも、ついていねいな口調で、

「普通便まで調べると、凄《すご》く時間がかかるんです。今夜、よく見ておきますので、明日またいらして下さいませんか」

「あら、そう……」

明日。――そうだ。明日、と言っておけばいい。明日なんて、私にはないんだから。

「どうもすみません」

話し足りない様子で出て行く女へ、貞子はそう声をかけてやる余裕さえあった。

一人になる。――一人だ。

四時を十五分ほど過ぎた。大丈夫。充分間に合う。

却《かえ》って、邪魔が入らないことが不安の種だったりする。

小栗貞子、二十四歳。

高校を出て、この郵便局に六年。もう「ベテラン」の域である。

だが、鏡を見ると、そこにはもう「中年」の女の顔がある。疲れて、退屈して、夢を失った顔。

それも今日限りだ。明日からは新しい生活が始まるのだ。

そのためには、「冒険」も必要だ。高い吊橋《つりばし》から飛び下りるほどの決心が必要なのだ。

一人になって、五分待った。

それからロッカーへ行き、持って来た、小さくたためる布の手さげ袋を出して、金庫のある〈局長室〉へ。

局長は、隣町の郵便局と兼任しているので、ここにはほとんど来ない。どっちも小さい町だが、向うには少なくとも飲み屋の並んだ一画がある。

それに局長は隣町に「愛人」を置いているという噂もあり、ここへほとんど顔を出さないのはそのせいか……。

金庫が開くと、貞子は一万円の札束をバッグの中へていねいに納めて行った。

橋には、もう彼の姿があった。

貞子は息を切らすほどの勢いで走って来たのだが、橋の上に増田邦治《ますだくにはる》の姿を見付けると、また足どりを速めてさえいたのだった。

「走らないで！　走らなくていいよ！」

と、増田邦治は大きく手を振って、貞子に呼びかけた。

貞子は思い出した。彼が高所恐怖症で、この山間の深い谷川にかかる吊橋を怖がっていたことを。

決して危険というわけではない。しっかりと作られた真新しい吊橋なのである。しかし、人が上を走ったりすると、その揺れが大きくなって、怖いほど揺れることもある。

だから、貞子に向って、

「走らないで！」

と、あわてて叫んだのだった。

「待った？　ごめんなさい。なかなか出られなくて」

と、少し息を弾ませながら貞子は言って、増田邦治の胸に、少し汗ばんだ頬を押し当てた。

「大丈夫？」

と、増田は訊《き》いた。

「ちゃんと持って来たわ」

と、貞子が手さげ袋を見せた。

「お金のことじゃない。君の体のことを心配してるんだ。そんなに息を切らして！」

「大丈夫よ。こんなことでへばってたら、東京へ出てやって行けないわ」

「そうだな。でも――無理をするなよ」

「やさしいのね」

貞子は少し伸びをして素早く増田にキスすると、「――間に合う？　五時十五分の列車でしょ？」

と、心配になって言った。

「バイクがある。あれなら十分で駅まで行くさ」

「良かった！　気が気じゃなかったのよ」

「さあ、汗を拭《ふ》いて」

と、ハンカチを出して貞子の額を拭《ぬぐ》うと、「その袋？」

「ええ。――変ね。そんなに重いわけじゃないのに、ずっしりと手応《てごた》えがあるの」

「僕が持つよ」

と、増田はその布の袋を受け取って、「悪いな。決して後悔させないからね」

「そんなこと、言わないで。私も承知でやったのよ」

と、増田の唇に指を当て、「急ぎましょう。大丈夫だとは思うけど」

「うん。バイクを、あっちの木のかげに置いてある。君、ここで待っててくれ。これを積んで、すぐ来る」

「ええ」

増田が足早に行ってしまうと、急に周囲の静寂や寂しさが迫って来て、貞子はふと寒気さえ感じた。

秋に入って、山はもう高い辺りで色づき始めていた。

吊橋の手すりに両手をついて、下の谷川を見下ろすと、目がくらむようだ。

ふと、心臓がひどく早く打っているのに気付いて目を閉じる。——大丈夫。大丈夫。落ちついて。何ともないのよ。

わざわざ、深い谷間を覗《のぞ》きたくなる。その心理は今の貞子の気持に似たところがあった。

——一千万。

いつもなら、あんな小さな町の郵便局にそんな現金はない。ただ、毎月、十五日の月給日の前日だけ、あの金庫に一千万円の現金が眠っているのだ。

明日になれば、この近くにある唯一の大きな工場（といっても大したことはないが）の給料として支払われる。

盗むこと。——そんなことを、自分がやってのけるとは、思ってみたこともない。

増田からその話を聞いたときも、笑ってしまって、まともに話ができなかったくらいである。

しかし、増田との関係が深くなり、この小さな町では、誰と誰が付合っているか、隠しておくことはとてもできないことで……。

貞子は両親から増田と付合うことを厳しく禁じられた。——両親は、娘が反抗することなど、考えてもいなかった。

確かに、貞子は今までほとんど親の言うなりになって来た。今度も、素直に言うことを聞くだろうと親が思っても無理はない。

しかし、貞子はもう二十四で、小さな子供ではなかったのだ。これまで、何度も抑えつけられて来た「自分の人生」が、一気に爆発したのである。

犯行が発覚するときは、明日を待たずにやって来る。それまでに列車に乗って、この町を離れている必要があった。

両親が、この小さな町でどんな立場に置かれるか、それを思うと胸が痛まないわけではなかった。

でも——でも、もう選んでしまったのだ。

私は増田邦治を選んでしまったのだ。

——増田のことを、貞子の両親が信用しなくても、責めることはできない。東京の大学へ行った増田は、覚醒剤《かくせいざい》を持っていて捕まり、退学処分を受けてこの町へ戻って来たのだった。

そんな増田にとって、この町が居心地のいい場所であるわけもなく、「もう一度東京へ出る」ことだけを考え続けていたのも当然だろう。

彼について行く。――貞子がその決心をしたのは、もう何か月も前だ。

その障害になったのは、東京へ行っても、数百万の借金のけりをつけなければ、また「悪い道」へ引張り込まれてしまうのが目に見えているということだった。

そこから、郵便局のお金を盗んで逃げるという考えまでは無限の距離があったが、それを飛び越えさせたのは、貞子の中に増田の子が宿っていると分ったことだ。

検査のために、列車で二時間の町まで行ったが、いつまでも親の目をごまかしてはおけないし、一旦《いったん》知れれば、貞子は家から出ることさえできなくなるだろう……。

善悪の判断がつかないわけではない。ただ――他に選ぶ余地がなかった。それだけのことなのだ。

これきりだ。これで、もう二度と「道に外れたこと」はしない。貞子はそう自分へ言い聞かせていた。

――風が、谷間を抜けて、かすれた口笛のような音をたてた。

薄暗くなりかけている。

バイクの音がして、増田が橋の方へとやって来た。

貞子は肩からさげたバッグを軽く揺すってかけ直すと、手すりから離れて、バイクがやって来るのを待った。

そのとき――信じられないものが聞こえた。

「小栗君！」

課長の橋山の声が、山間に響いたのだ。

まさか……。どうして課長が？

振り返った貞子の目に、町からの道を喘《あえ》ぎ喘ぎ駆けてくる橋山の姿が映った。――お願い！　やめて！　幻なら早く消えて！

だが、それは消えようとはしなかった。

どうしてだか、橋山は局へ戻って、金庫の現金が消えているのを発見した。そして、この道を来た貞子を誰かが見ていて、橋山に教えたのだろう。

「――待て！　小栗君！　馬鹿なことはよせ！」

橋山も、もう走る余力は失っていて、ヨタヨタと橋の方へやってくる。

増田のバイクが停った。

「見付かったんだわ！　逃げましょう」

貞子はバイクへ駆け寄ると、後ろにまたがろうとした。

「――貞子」

ヘルメットをかぶった増田が振り向く。

「え？」

増田の手が、貞子の胸をいきなり押した。貞子がバイクから落ちて尻もちをつく。

「あなた！」

と、貞子は起き上がろうとして叫んだ。

バイクの音が高くなり、増田は貞子の方をチラッと見ただけで――。

バイクはたちまち走り去って行く。町とは逆の方向だった。

「待って！」

貞子は立ち上がると、バイクを追って走り出した。「――待って！　お願い、置いてかないで！――あなた！」

バイクの速度は大したことはない。貞子は、夢中で駆ければ追いつけそうな気がした。

しかし、息が切れ、胸が苦しくなって、足がもつれると、もう増田のバイクは山道をどんどん遠ざかって、見えなくなる。

貞子は、道にガクッと膝《ひざ》をつき、そのまま座り込んでしまった。

増田は、貞子を突き落とした。そして金の入った袋だけを持って、逃げて行った。

貞子は、自分が単に利用され、捨てられたのだということ――しかも、その男の子を宿していることを思って、打ちのめされた。

あなた……。あなたは……私を愛してなんかいなかったのね……。

涙は出なかった。ただ、心臓の辺りにポッカリと穴が空いたようで、自分の生きていることが信じられなかった。

「――小栗君」

と、声がした。

振り仰ぐと、橋山が肩で息をしながら、彼女を見下ろしていた。

「課長さん……」

と、貞子は言った。「私を橋まで連れてって下さい」

「小栗君……」

「私が飛び下りるのを、手伝って」

「馬鹿なこと言うもんじゃない」

と、橋山はかがみ込んで、貞子の肩に手を置くと、「さ、町へ戻ろう。——立てるか？」

「ええ……」

貞子はそろそろと立ち上がった。そして、突然橋へと駆け出したのである。

「——小栗君！　やめなさい！——待ってくれ！」

橋山があわてて後を追ったが、とても追いつけない。

貞子は走った。あの吊橋。——あそこで私はおしまいになったんだ。何もかも、おしまいだ。

「小栗君！」

橋山の声が背後に遠い。貞子は橋の真中まで一気に駆けて立ち止った。

吊橋はゆっくりと揺れている。

「あなた……」

貞子は、手すりをつかんだ。
そして——甲高い叫び声が山間に響いた。

2　ヒーロー

「あなた」

と、恵美《えみ》が軽く肩を押した。「——あなた。起きて」

「うん……」

と、返事をしたものの、まだ目は覚めていなかった。

今、自分はどこにいるのか。この快い揺れは何なのか。

「いやね。ちゃんと起きて下さいよ」

と、恵美が笑った。

そうか。——列車だ。この単調なリズムは、遠い昔と少しも変っていない。

そのリズムが眠気を誘ったのでもあったが、同時にそのリズムの「記憶」が目覚めを促したのだ。——この白髪の実業家の目覚めを。

「鉄橋を過ぎたか?」

町田《まちだ》国男《くにお》は、ほとんど無意識にそう訊《き》いていた。

「鉄橋ですか?」

と、恵美は面食らった様子で、「気が付かなかったけど――」と言っているとき、列車が鉄橋へさしかかり、ゴーッという響きが二人の会話を中断させた。

そうか。――俺は憶《おぼ》えていたのだ。

何も考えずに、「そろそろ鉄橋を通る」と分っていたのだ。

「あなた、この列車に乗ったことがあるのね」

鉄橋が後方へ去ると、列車は山間をクネクネと縫って進んで行く。

「――ずっと前にな」

と、町田は外へ目をやった。

「よく憶えてるわね、鉄橋のことなんか」

妻の言葉にはあえて答えず、

「お前は明日帰るんだな」

「だって、約束があるのよ。前から分ってれば、断ったのに――」

「いや、いいんだ。俺は二、三日のんびりしていくからな」

「ええ。何も電話もファックスも通じない山奥ってわけじゃないんですものね」

「そうだな」

と、腕時計を見る。「もうじき着く。二、三分だな」

「まあ詳しいのね」

恵美は冷やかすように、「それであんなに熱心だったのね」

「何のことだ」

「ホテルよ。あんな小さな田舎町にホテル作って、どうするのかと思ってたの。やっと分ったわ」

「おい、勝手に分るな。――俺は商売人だ。損をするなら、予《あらかじ》め取り止めるさ」

「そう？　でもお客さんが来る？」

「それは努力次第だ」

と、町田は言った。

「あんなのんびりした田舎町の人たちが、熱心にホテルで働いてくれるかしら」

町田は妻を見て、

「おい、やりたくないのなら、建てる前に言ってくれ。今さら何だ」

「分ってるわ。あなたの勘は信じてるわよ」

恵美は首を振って、「でも、今回の件に関しては、あなたがすべての指揮を取ってよ」

町田は何か言いかけたが、やめた。そのとき、列車がはっきりとスピードを落とし、駅の近いことを告げていたからだ。

――町田国男、六十歳。

ホテルチェーンとレストランの経営で指折りの実業家である。

常識的に考えたら、とても客を呼べない土地にホテルを建て、巧みなＰＲとマスコミとの連携で黒字にしてしまう手腕は、「魔術師」という呼び名にふさわしいものだった。

妻の恵美は五つ年下だが、「内助の功」というタイプではない。今も、夫のホテルチェーンのレストラン部門で〈取締役〉の肩書を持ち、忙しく飛び回っている。

それにふさわしく、明るい色のスーツに包んだ体は細く、身のこなしも若々しい。五十五歳という年齢は、薄く紫色に染めた髪の、もとの白さをみなければ、想像もつくまい。

「降りるぞ」

立ち上がって、町田は棚から自分のボストンバッグを下ろした。

「物好きね、車で来れば良かったのに。こんなオンボロ列車、お尻《しり》が痛くなるだけだわ」

「旅ってのは、こういうものなんだ。腹が空いたら、まずい駅弁を買って食べる。それが楽しいんじゃないか」

「はいはい」

恵美も、夫の頑固には慣れっこである。

「ホテルの人が出迎えに来てるんでしょうね」

返事を聞く必要はなかった。

列車がホームへ入って行くと、突然、ワーッと声が上がり、拍手の音が響き渡ったのである。

恵美は窓から外を覗《のぞ》いて、目を丸くした。

「ホテルの人——どころじゃないわ。町中の人が来てるんじゃないの?」

町田も窓の外を見てびっくりした。

プラットホームに人が並んで、手に手に小旗を持って振ったりしている。

「戦争中の出征風景だな、まるで」

「何なの、あの黄色い旗?」

「——ホテルのマークが入ってる! むだな金を使って!」

「渋い顔しないのよ」

と、恵美は笑って、「あちらは歓迎して下さってるんですからね」

列車が停って、町田たちが出口へ行きかけると、

「社長!」

と、通路を駆けて来たのは、転った方が早そうな、町田の秘書であった。

「何だ、河野。お前来てたのか」

「お持ちします」

今年二十八歳になる河野悟《さとる》は、町田の秘書として既に四年、勤めている。細身の町田に比べ、太目の河野は、年齢はともかく、「貫禄《かんろく》なら、お前の方が社長だ」と町田にからかわれていた。

「僕に何も言わずに、ご出張なんて」

と、不服そうだ。「どこにおいでか、訊かれても返事ができないんじゃ、秘書として立場がありません」

そうか。恵美が知らせたのだな、と町田は思った。

「怒るな。お前も忙しいだろうから、少し休ませてやりたかっただけさ」

町田は、河野について出口へと歩きながら、

「この騒ぎは、お前の仕掛けか？」

「いえ、町の人たちが自分から。——本当ですよ！」

「嘘だとは言っとらん」

ホームへ出ると、一斉に拍手が起り、カメラのフラッシュが光る。

「地方紙の記者とカメラマンです」

と、河野が小声で素早く耳打ちする。「地元では力があります。あんまり無愛想にしないで下さい」

「分った」

町田は、それこそ老人から子供まで、びっしりとホームを埋めた人々に笑顔で手を振って見せた。

「——お待ちしておりました」

老人が一人、ダブルのスーツで進み出て来た。「感激です！　言葉にならない喜びです！」

もう八十近いだろうか。足下がやや危い感じである。

「町長です」

と、河野が小声で言った。

「町長さん、わざわざ恐れ入ります」

と、町田は手を差し出した。

町長はその手を両手でしっかり挟んで握りしめると、深々と頭まで下げて、

「これでこの町も生き返ります！」

と、声を震わせている。

「いやいや、そう大げさに言わんで下さい。──あ、家内です」

と、恵美を紹介する。

「初めまして」

と、恵美はにこやかに言った。

大げさな歓迎は、むしろ恵美の方が喜ぶ。

「これは奥様でいらっしゃいますか！」

と、声を上ずらせ、「町長の橋山と申します」

一気に──四十年近い時間が逆戻りした。

町田は、愕然《がくぜん》としてその町長を見つめた。

橋山……。「山の中の橋」と、あまりに合った名前で忘れられなかった。もちろん、

顔も知っている。

これが……。

あのとき、あの吊橋《つりばし》へと走って来た、郵便局の課長。それが今は町長なのだ。

「——どうぞこちらへ」

と、誰かが言って、町田はハッと我に返った。

同時に、一瞬心配した。自分のことを、かつてこの町に住んでいた「増田邦治」という男だと気付いた者はいないか。

だが、それは取り越し苦労だった。

四十年近くも前のことを、一体誰が憶《おぼ》えているものか。

「いや、全く感激で胸が一杯で……」

と、町長——橋山はくり返しつつ、先に立って駅を出た。

人々もそれにつられるようにして、駅のホームから通りへと出る。

町田は、図面の上でしか知らなかった幻の町の中へと足を踏み入れたのだった。

「おい！　間が空いてるぞ！」

と、支配人の赤ら顔がキッチンを覗く。「手早くやらんとだめだ。そんなんでオープンできると思ってるのか？」

「人手がまだ揃ってないんですから」

と、料理長の宮田《みやた》が言い返した。「精一杯やってますよ、みんな」

支配人の畑《はた》も、言い過ぎたと思ったのか、

「いや、分ってるよ。——ま、ご苦労さん」

と、わけの分らないことを言って出て行く。

少し間があって、キッチンに居合わせた人間が一緒に笑い出した。

「——宮田さんはいいわねえ」

と、手伝いにかり出されて料理を運んでいる「おばさん」が言った。「手に技術があるって、強いじゃないの。何言われたって、ガツンと言い返してやれるしね」

宮田は東京のホテルにいたのを、引き抜かれてこの田舎町へやって来たのだ。

「おい、鍋！　火を弱くして！」

宮田の鋭い声が飛んで、「——どこだって、オープンのときはギクシャクするもんさ。半年もすりゃ、ふしぎなくらいスラスラ流れるようになるものなんだ」

料理長といっても、まだ宮田は三十代の半ば。それでも、怒らせて辞められては困るので、支配人の畑も気をつかっているのである。

「——ね、お皿が足りないの。洗ったの、もう一回使って」

と、伝言が来て、宮田は露骨にいやな顔をした。

「しょうがないな！　ちゃんと数えとけよ」

と、文句を言いながら、「谷口《たにぐち》さん、大丈夫？」

宮田が声をかけたのは、一人せっせと皿を洗っている女性だった。

「はい、もう洗うのは追いつきました。――どのお皿を使います？」

「さっきのと同じ、と思われたくないから、できるだけ目立たない皿がいいね」

「じゃ、二番めのね。――すぐ拭《ふ》きます。乾かしていたら間に合わない」

「頼むよ」

宮田が気軽に声をかけているのは、谷口良子が、ほぼ同じくらいの年代ということ――谷口良子の方が、二、三歳年上だろうか――もあったろうが、この場に居合せる大勢の人たちの中で、彼女が一番プロらしいものを持ち合せていたからだろう。

谷口良子が皿を並べると、それを追いかけるように、宮田が料理を盛りつけていく。

「OK。――運んでくれ」

宮田は軽く息をついて、「少し間を置こう。ここで何か挨拶《あいさつ》が入るんだと言ってた」

「食事の途中で？」

と、谷口良子がびっくりしている。

「なあ、ひどい話だ。でも、色々都合もあるのさ」

宮田は椅子に軽く腰をおろして、「――谷口さん、今日、娘さんは手伝いに来ないの？」

「今、学校が試験中なんです」

と、谷口良子は言った。

「試験か……。そんなものがあったね」

と、呟《つぶや》いて、伸びをした。

そこへ、

「すまんが、水を一杯くれるかね」

と、白髪の紳士が顔を出した。

「はい。冷たい方がよろしいんですか？」

と、谷口良子がすぐにグラスを出して、「お薬でもおのみでしたら、少しぬるくしますけど」

「そうしてくれるかな。ありがとう」

宮田は次の料理にかかっていた。

「――どうぞ」

「や、どうも」

と、グラスを受け取り、粉薬をのんでから、息をつく。

「もう、社長の話とかってのは終ったんですか？」

と、宮田が訊《き》いた。

「いや――まだこれからだよ。どうして？」

「料理が冷めちまうからね。大体、コース料理の途中でスピーチなんて、ふざけた話ですよ」

きっと」

「食事の前に短くすませときゃいいんだ。何十分もしゃべるつもりでいるんだろうな、

「――そうかね」

「そう長くはならんだろうがね」

と、老紳士は言った。

そこへ、河野が顔を出して、

「社長、お話を」

と言った。

「うん、今行く」

居合せた全員の手が止る。

「手短にするよ」

と、老紳士は言った。「大丈夫。料理が冷めるようなことにはさせないから」

「頼みますよ」

宮田も落ちついたものだ。

「お話の中で、ちょっと県知事の名前を出していただきたいんですが――」

一緒に戻って行く河野が、町田に説明する、その声が遠ざかって、

「ああ、びっくりしたわ!」

と、声が上がった。「心臓が止るかと思った」

「本当ね」

と、谷口良子も胸に手を当てて、「あれが社長さん？　駅に迎えに行かなかったから、顔、分らないしね」

「でも、なかなかできた人じゃないの。ね、宮田さん？」

料理長は柔らかいヒレ肉を薄く切り分けながら、

「そうだな」

と、大して関心のない様子。「おい、炭火、ちゃんと見とけよ」

みんな、またあわただしく動き回り始めた……。

3　横顔

いつまでも若いつもりではいられない。

――町田も、そのことはよく分っている。

六十という年齢から考えれば、ゆうべの料理を、デザートの一皿まできれいに平らげて、今朝胸やけもせず、もたれてもいないというのは自慢してもいいことだろう。

しかし、かなり遅くまで町の有力者（といっても、大したことはない）に付合って飲んでいたのに、まだやっと夜が明けたかどうかという時間には目が覚めてしまう。これは年齢《とし》をとった証拠と言うしかあるまい。

に浸っていた。

町田は、そっとベッドを抜け出した。——隣のベッドでは、妻の恵美がまだ深い眠りに浸っていた。

ゆうべ、「男たちの酒盛り」には付合い切れないと早々に眠っていて、今も目を覚ましていないのだから、まだまだ若い。

五十五とはいえ、見た目は四十代。そして活動的なことでは若い世代もついて来られないほどである。

しかし——町田にとっては、「忙しく働く」こと、そのものに価値を見出す時期は過ぎていた。これだけのホテルやレストランをオープンさせ、ごくわずかの例外を除いて成功させていながら、それを、あと十年か二十年か後に訪れる自分自身の「死」の後、どうすればいいのか。

恵美との間に子供はなかった。たった一人、五十歳近くになってから産まれた子は数週間の命だった。恵美も四十を過ぎての出産で、かなり参っていたものだ。

しかし、回復してから恵美は自ら猛烈な忙しさの中に身を置いて、そのこと自体を目的にしているかのようだった。

——町田は、ガウンをはおって、冷たい廊下へ出た。

寒さは老いの身に良くあるまいが、むしろ体も頭もすっきりと澄んで快い。

ゆっくりと人気のない廊下を歩きながら、本当に、どうして俺はこんな所にホテルを建てたのだろう、と思った。

もう両親も亡く、身寄りと呼べる人間はここにはいない。それに、「増田邦治」だったころ、彼はこの町が嫌いで、住む人間も町並みもすべてがいやでいやで、逃げ出したかったのだ。

だからあれほどのことをして……。

しかし、今は帰って来ている。誰も、この「ホテル王」が、かつてこの町から逃げ出した――しかも、工場の給料を盗んで――不良青年だとは、思いもしないだろう。

懐しいわけではない。年齢をとって、故郷を見たくなったのでもない。

それでも、町田はこの土地を買い、ホテルを建ててしまったのだ。

さびれ、若い人々が流出していく一方だったこの町にとっては、確かにこのホテルのオープンは「一大事」だろう。

町田は、計画から設計、施工の一切、東京から指示を出して、一度も現地へ足を運ばなかった……。

「――おはようございます」

と、声が冷たい空気を通り抜けて届いて来た。

「ああ、ずいぶん早いんだな」

と、男の声は聞き覚えがある、あの若い料理長である。

「せめて、『おはよう』ぐらいは返してくれるものよ」

――町田は、廊下の突き当りの窓を少し開けた。

見下ろす中庭に、料理長の宮田と、谷口良子の姿があった。

「おはよう」

と、馬鹿正直に宮田が言ったので、谷口良子は笑ってしまっている。

「昨日は疲れたでしょうに」

と、良子は吐く息の白さを眺めながら、「あなた、緊張していたわね、ゆうべ」

「まあ、第一日は誰でもね」

宮田は深呼吸して、「朝の仕度にかからんとね」

「そうか。大変ね。何もかも一人でやるって」

「いっそ、他人に口出しされるよりはやりやすい」

と、伸びをして、「しかし、あの社長も妙な人だな」

「どうして？」

「こんな、何もない田舎町に、ホテルを建てて……。どういうつもりなんだろう？」

と言ってから、あわてて、「いや、別に文句を言ってるんじゃないよ」

「それなら……。あなたが、どうしてそんな腕を持ってるのに、こんな所に来たかの方がふしぎだわ」

「それは――」

宮田が少したためらって、「分ってるじゃないか」

と言った。

町田は、窓辺に立って、中庭の二人を見下ろしていた。二人とも、誰かが見ているとは思いもしないのだろう。

宮田が後ろから良子を抱く。

「――やめて」

「良子……」

「私は子供がいて――あなたより年上よ」

「そんなことが何だ。君がこの町へ帰ったから、僕はここへ来たんだ。君だって分ってる。そうだろ？」

良子は、少し力をこめて宮田の手をほどくと、二、三歩前へ出て、

「ひとみは難しい年ごろだわ」

と言った。「逃げてるんじゃないの。でも、あの子が私とあなたのことを許さなかったら、私たち、うまくいくはずがないわ」

「しかし、ひとみちゃんも子供じゃなし」

「子供よ」

「もう十八だ。君が思ってる以上に、大人のことを分ってるよ」

「でも……」

良子が振り向いて、何か言いかけたとき、

「宮田さん！　ここにいたの！」

と、他の女の声がした。「キッチンが困ってるわ」

「今行く」

と、宮田は振り向いて言った。

「――あなた、行って」

と、良子は肩にかけたショールを固く前で合せた。

「あらあら、『あなた』ですって！　妬《や》けるわね」

「そんなんじゃないのよ」

と、良子が赤くなる。

「お邪魔様。――宮田さん、早くね」

宮田はちょっと笑って良子の方へ、

「君が『あなた』って呼ぶからだ」

「だって……」

と、少し不服顔で、「おかしい？　夫婦でもないのに『あなた』って変かしら」

「そうじゃないけど……。ま、普通名前で呼ぶかな」

「そうね……。考えたことなかった」

と、良子は小さく首を振って、「母が――亡くなった母が、私のことを『あなた』って呼んでたの。決して『良子』とか『あんた』とか呼ばなかった。私もそれでつい、『あなた』になっちゃうんだわ」

「僕は別に構わないがね」

宮田は笑って、「じゃ、行くよ」

と、足早に視界から消える。

谷口良子は、底冷えのする朝というのに、ゆっくりと中庭を散歩でもしている様子。

寒さを気にさせないほど、今の良子には気になることがあったのだろう……。

「――あなた」

あなた。――あなた、か。

「あなた、何してるの？」

恵美が後ろに立っていた。

「起きたのか」

「この寒いのに、窓を開けて！　風邪をひきますよ」

と、顔をしかめる。

「『あなた』か」

「え？」

「いや、何でもない」

と、町田は首を振った。「お前、いつホテルを出るんだ？」

「昼ごろにしようかと思ってるけど、どうして？」

「いや、訊《き》いただけさ」

——嘘ではなかったが、一人になったら、町をゆっくり歩こう、という気もあった。可能かどうかは別として、誰にも見られず、誰にもついて歩かれずに、自分の生れ育った町を、歩いてみたかったのである。

「お出かけでございますか」

支配人の声が飛んで来て、町田は思わず首をすぼめた。

「いや……。ちょっとその辺をね」

と、ホテルの玄関を出ようとしていた町田はごまかそうとした。

「外はお寒うございますから」

と、支配人の畑は急いでやってくると、「私、お供いたしましょう。町の中、どこへでもご案内いたします」

「いや、いいんだ。別に——」

と、町田が多少苛々《いらいら》して言いかけると、

「社長さん、お電話でございます。秘書の方から」

と、フロントの係が飛んでくる。

「分った。ありがとう」

このときばかりは、河野の電話を歓迎したかった。

ロビーの電話へつないでもらって、出てみると、

「社長、何とか間に合いました」

と、河野のホッとした声が伝わってくる。

恵美の仕度に手間どって、乗るつもりだった列車に遅れてしまい、河野が車で先の駅まで送って行ったのだ。

「そうか。ご苦労さん。あわてて帰って来なくてもいいぞ。俺は一人でのんびり風呂《ふろ》にでもつかってる」

「いえ、急いで戻れば三十分で着きます」

町田はため息をついたが、少なくとも三十分は戻って来ないのだ、と思い直す。

仕事熱心な秘書を持つのも考えものである。

電話を切って見回すと、支配人の畑は、何か用ができたのか、姿が見えない。

今の内だ。――町田はまるで無銭飲食でもして逃げ出す客のように、ホテルを出たのだった。

夕方になって出かけたのは、一つには薄暗い中なら、町の人も彼のことを誰だか見分けられないだろうと思ったから。

しかし、本当の理由は、暗くなった方が町並みに昔の面影を見出せると期待したからでもあった。

――ああ、あの看板。まだそのままだ。

とっくに会社が潰《つぶ》れてしまっている胃腸薬の広告。少し傾いていて、

「今度地震が来たら潰れる」

と、みんなが言っていたボロ家。

まだ、ちゃんと建っている。人の悪口を見返してでもいるかのようだ。

八百屋、酒屋……。酒屋は今風のコンビニである。こんな町で夜ふかししてどうするのだろう?〈24時間営業〉とは笑ってしまう。

――だが、町の唯一の大通りを歩いていくと、閉めてしまった店、廃屋となった人家も目につく。

あそこは何だったろう?――なくなってしまうと、その空地に以前は何があったか、思い出せないものだ。

暗さが増して来た。並んだ家々の窓に明りが灯《とも》る。

その灯は、都会の家の明りがどこか冷え冷えとしているのと違って、暖かく、家庭のぬくもりを感じさせた……。

町田は足を速めた。

町はすぐに尽きて、山間の道を辿《たど》っていく。――こんなに遠かっただろうか?

こんなに歩いたかしら。

町田は、一瞬、道か方向を間違えたかと思った。しかし、そう思ったとき、その吊橋《つりばし》が黄昏《たそがれ》の中に現われたのだ。

町田は、感動した。

たかが橋でも、昔の通りにそこで頑張っている。四十年近い歳月を、生き抜いている。それはもう、今では大して必要でないかもしれない。しかし、確かにそれはそこにあった。

――町田は、いつからそれを見ていたのだろう？

夢か？　それとも黄昏どきの薄闇に、影がいたずらしているだけなのか。

いや――確かだ！

吊橋の手すりに両腕をのせて、小栗貞子が立っていたのである。

――その娘が、もちろん小栗貞子であるわけはない。しかし、全身から流れるもの、空気の中へ溶け込んでいくようなその姿は、記憶の中の貞子と重なった。

横顔が見えた。

どこか愁いを含んだその横顔が、あの小栗貞子を思い出させたのである。

町田が橋へ足を運ぶのは、自分の出発点をもう一度見たかったからである。

そして、その娘は、こんな時刻に吊橋を渡る人間がいることに当惑しつつ振り返った……。

「あなた、どなた？」

と、彼女は訊いた。

「君は？」

と、町田は、足を止めて訊いた。

娘はそれには答えず、

「どこへ行くんですか？　この先、もう山の中よ」

「ああ、知ってる」

「町の方《かた》じゃ……ないわね？」

ふしぎに思っても当然だろう。

「この吊橋を見に来たんだ」

と、町田は言った。

すると娘は笑った。――その笑いは町田の奥深いところまで届いた。

「何かおかしいかな」

「だって――よその人がわざわざ見に来るなんて。この吊橋がそんなに有名だったなんて知らなかったんですもの」

「なるほど」

町田も笑顔になって、「しかし、いい橋じゃないか。僕は好きだね」

「橋に『いい』とか『悪い』とか、あるんですか？」

「――あるとも。これはいい橋だよ」

急に強い風が吹いて来て、吊橋はゆっくりと揺れた。

「寒いね。――帰るかい？　じゃ、町まで一緒に歩こう」

娘が足下から鞄《かばん》を取り上げた。

「学校の帰り？」

「高校生です」

一緒に歩き出しながら、「帰りのバス、一つ手前で降りて、歩いてくるの。この橋で足を止めて一人でいたいから」

「変ってるね」

「でも、あなたほどじゃないわ。『いい橋』、『悪い橋』だなんて、初めて聞いた」

「そうか」

屈託のない娘の口調は、町田にとって驚きだった。

こういう町の人間は、見知らぬ「よそ者」を警戒するものだ。しかし、この娘は町田をからかって平気でいる。

「町に泊ってるの？」

と、娘は訊《き》いた。

「ああ」

「あの新しいホテル？　趣味の悪い」

町田は意外な気がして、

「趣味が悪いかね。こういう環境に気をつかって、和風に造られていると思うが」

「それがいやなの。この町に媚《こ》びてるわ。それでいて、稼ぎは全部東京へ吸い上げられて、町には何も残らない。町の人たちは、ボーイかウェイトレスか、窓拭《ふ》きがせいぜい。

それを、町長さんなんか『町の救い主』なんて感激して。何も分ってない」

娘は一気にまくし立てるように言った。

町田は返す言葉がなかった。確かに、自分が「商売」として当然のようにやっていたことが、見方を変えるとこうなってしまうのか、とびっくりした。

町へ向う道を、足早にやってくる人影があった。

「——お母さんだ」

と、娘が言った。

「ひとみ！　どこにいたの？」

と、怒気を含んだ声が、その人影から飛んで来る。

聞き憶《おぼ》えのある声だった。

「帰って来たでしょ？」

と、娘は言った。「吊橋の所で少し時間を潰してただけよ」

「そんなこと……。学校を早退したって、心配して先生からお電話があったわよ！」

そうか。今朝、あの料理長の宮田と話していた女だ。

「——まあ」

と、女の方が近付いて町田の顔を見分けた。「社長さん……」

娘がゆっくりと町田を見た。

「散歩していて、この娘さんと一緒になってね」

と、町田は言った。「あんたの娘さんか」

「はい。ひとみ！　こちら、あのホテルを建てられた、町田さんよ」

娘が何と言うだろう、と町田は興味を持った。

ひとみは、気後れするでもなく町田を見て、

「これで誤解されることはないですね、少なくとも」

と言って、事情を知らない良子はただ面食らっているばかりだった。

4　交渉

「一体どうなってるの？」

恵美は、叩《たた》きつけるように言った。

「申しわけありません」

河野は、ただひたすら頭を下げるばかり。

「謝ってもすむことじゃないでしょ、――主人は何をしてるの？　あんな田舎町で！」

重役室で、背もたれの高い大きな椅子に腰をおろした恵美は、険しい表情になっていた。

苛立《いらだ》ちで、机を叩きながら、

「電話しても、『やることがある』って言うだけ！　本社の会議をすっぽかして、あん

な町で何をしてるの？」

「ホテルのオープンで、色々と――」

「分ってるわよ、それくらい！」

と、恵美は遮って、「でも、河野君、あなたまで帰って来てるってのは、どういうことと？　主人を一人で残して来るなんて」

「社長のご命令で」

「いくら『ご命令』でも、いつもなら言うこと聞かないでしょう。それが今回はどうして？」

「それは……」

河野の額に汗がにじんでいるのを見て、恵美もびっくりした。

「いいわ。分った。――言いたくなければいいわよ」

「奥様――」

「ごめんなさい。あなたに当っても仕方ないのにね。もう行って。会議の日程だけでも、何とか出すように主人に言ってちょうだいね」

河野は黙って頭を下げると、重役室を出て行く。

――恵美は少し冷めたお茶を飲んで、息をついた。

何かがおかしい。恵美は敏感に感じ取っていた。地震を予知して動物が騒ぐように、恵美も近付いてくる「異変」を感じていた。

ドアが開いた。

「何か忘れたの？」

恵美の問いには答えず、河野は真直ぐ机までやって来ると、

「社長は、あの町の女性に恋をされたんです。それで帰りたくないとおっしゃっているんです」

と、早口に言った。「――それだけです」

パッと一礼して出て行く河野を、恵美は止めることもできずに、呆然《ぼうぜん》として見送っていた……。


生徒たちの声が聞こえてくる。

応接室といっても、半ば物置と化して、いつのものやら分らない優勝カップとか楯《たて》が並んで、埃《ほこり》をかぶっていた。

谷口良子は、もう三十分もここで待たされていた。――言われた通りの時間に来たのに、ここへ通されて、

「少し待ってて下さい」

と言われたきり。

何があったんだろう？

良子は、このところ忙しくて、ほとんど連日帰宅は夜中だった。ホテルの中がまだう

まく動かないせいでもあるが、予想以上の客が来ているのも原因だった。料理長の宮田も、毎日、睡眠三、四時間で頑張っている。しかし、忙し過ぎるというのは、ぜいたくな悲鳴だろう。

良子は本来「皿洗い」が仕事だが、結局臨時雇いの子の面倒までみなくてはならなかった。「教育係」というわけだ。

良子としては、娘のひとみを大学へやりたい。そのためには、ホテルでの仕事が正規の「社員」として続けられたら理想的だった。

そこまではまだまだかかりそうだったが……。

ひとみは、「大学へ行きたい」と言っているわけではない。しかし、この高校の友だちの、ほとんど全部が大学へ進むのである。当人も行きたいだろうが、そう口には出せずにいる。

もう高三だ。ひとみの進路も決めなくてはならない。

——応接室のドアが開いた。

「あ、どうも……」

立ち上がって、担任の先生に頭を下げたが、その後から校長、そして何と町長の橋山まで入って来て、良子は言葉もなかったのである……。

「——お待たせして」

と、何だか汗をかいている担任の明石が口を開いた。「こちらの打ち合せに手間どりましてて、申しわけありません」

明石は、三十代半ばの、一見、どこかのサラリーマンかと思える男である。いつもきちんと背広にネクタイで、真夏でも上着こそ着ていないが、ネクタイはしめて、涼しげに歩いている。

その明石が今日は汗をかいているのだ。――何ごとだろう？　良子は不安がつのって、思わずソファに座り直してしまった。

「こちらは……ご存知と思いますが、町長の橋山さん、それに校長先生――」

「もちろん存じています。あの……ひとみが何かしたんでしょうか？」

「いやいや」

と、校長の小田が首を振って、「別に何かしたというわけじゃないのです。ただ、まあ――困ったことがありまして」

校長の小田《おだ》は、いつも持って回った言い方で評判が悪い。教師としては影の薄い存在だったのだが、県の教育委員会には忠誠をアピールして、校長の地位を手に入れた。

校長になって、まだ二年という点を考えに入れても、貫禄《かんろく》のない「校長先生」だった。

「何でしょうか。このところ、私もホテルの仕事が忙しくて帰宅が遅いものですから。娘ともあまり話しておりません。何か問題を起したのだとしたら、はっきりおっしゃって下さい」

「当人が問題をあれしたわけではないのでしてね。要するに、私どもとしても大変困ったことになったと思っておるわけで……」

「校長先生」

と、橋山町長が言った。「それじゃ、谷口さんには何のことか分らんよ」

「はあ……」

「谷口さん。――あんたも一度は東京へ出たが、結局、この町へ帰って来た。この町のことを大切に思ってくれとるだろう」

「はあ」

「今、ホテルにオーナーの町田国男さんが泊っておられるのは、知っての通りだ」

橋山は穏やかに言った。「娘さんが、町田さんと会ったことがあるのは知っていたかね?」

「ひとみがですか。――ええ、一度、あの吊橋《つりばし》の所でお目にかかって、お話ししながら帰って来たことがあります。迎えに行って、出会ったんですけれども」

「その後も、町田さんとひとみ君は吊橋で会っているのだよ」

「――そうですか。あの子、何も言わないで……」

と、良子は言いかけて、「――何か、町田さんに失礼でもしたんですか?」

「いや、むしろその逆だ」

「逆、というと……」

「町田さんが、すっかりひとみ君を気に入ってしまわれた。ひとみ君を東京へ連れて行きたいとおっしゃってるんだよ」

良子は愕然《がくぜん》とした。


町田は、部屋に備えたファックスが、ジーッと音をたてて、受信された文書がプリントアウトされて出てくるのを見ていた。

読む気にもなれなかった。内容は分っている。本社からのファックスが、もう何十枚もたまっていて、部屋の隅に投げ出してある。

町田は一切見ないことにしていた。──結論が出るまでは一切見ない、と決めていた。

ホテルの一番広いスイートルームのドアをノックする音がした。

──橋山町長が、ややおずおずと入って来る。

「かけて下さい」

と、町田はソファをすすめて、「話はしてくれましたか」

「はあ……」

橋山は目を伏せて、「一応、母親と話をしまして……」

「一応、では困る！　はっきり返事をもらいたい。いいですか、私も東京に仕事を山と待たせておる。一日ごとに何千万の損を出している。長くは待てんのです」

町田は厳しい口調で言った。

「よく分っております。しかし、母親にも寝耳に水だったようで、びっくりしているばかりなんです。せめて、帰って娘と話したいと……。ひとみ君は今日、学校を早退しています」

「それで？」

「よく説明しました。町田さんが決して遊びのつもりでひとみ君をそばに置きたいとおっしゃっておられるんじゃない、と。ひとみ君の気持ももちろん尊重する。ただ、何といっても、まだ十八で、母親としては手放したくないだろうが――」

「結論を」

と、町田は遮った。「ひとみが承知なら、母親も了解してくれるのですか？」

「それは……。そこまでは言い切れませんでした。やはり、娘とよく話し合った上でなければ……」

「町長さん、私はこの町が好きだ」

と、町田は言った。「だからこそこのホテルも建てた。このホテルが町の人を優先的に従業員として雇っているのは、大変にコスト的にはむだをしているのです」

「それは分っております」

「三人ですむところに、四人、五人と人がいる。しかし、長い目で見て、この町のためになるのでなければ、ホテル経営の意味はない、と私は思っているのです」

「そのお気持は――」

「それなら、お分りいただきたいものですな。私がひとみを連れ帰ることができれば、このホテルを必ず成功させてみせます。しかし、それができないとなれば……。私はこの町に失望するでしょう。そして、二度とこの町へ足を踏み入れることはない。——そうなれば、このホテルはどうなります？　私にとっては、いくつもあるホテルの一つだ。ここを閉めたところで、どうということはない。よく考えて下さい」

橋山は、やや青ざめた顔で、

「よく分りました」

と言った。「谷口良子によく言って聞かせましょう」

「ご返事をお待ちしています」

町田は、さっさと立って行ってドアを開け、「今夜中に。——よろしいですね。明日は帰京します」

問答無用だ。——橋山は、重苦しい足どりでスイートルームを出て行った……。

——ドアを閉め、町田は苦い思いをかみしめながら、窓辺へと歩み寄った。

「ろくでなしめ……」

と、呟《つぶや》く。

俺はいつからヤクザの真似をして、人を脅すようになったんだ？

町のため？——我ながら笑ってしまう。

俺はただ、あの子が欲しいのだ。それだけなのだ。

「——ひとみ」

と、呟く。

その名は、もう彼の中で特別なひびきを持っていた。

「学校を早退した」

と、町長は言った。

町田は、コートをつかんで、駆け出すように部屋を出た。


吊橋が見えてくるころには、もう辺りは薄暗くなり始めていた。

町田はかなり息を切らして、それでも足どりを緩めようとはしなかった。確信があった。——あの子はあの吊橋にいる。

そして——本当に、ひとみの姿は吊橋の上にあった。

鞄《かばん》を足下に置いて、手すりに両手をのせて、じっと遥《はる》か下の谷川を見下ろしている。

町田が近付いて行っても、ひとみは顔を向けなかった。

「——ひとみ。やっぱりここにいたんだな」

「来ると思った」

と、ひとみは言った。「待ってたのよ」

「そうか。しかし——」

「私の心の中ぐらい分るでしょ。そんなに愛してくれているのなら」

ひとみの言い方には、どこか自分を責めているようなところがあった。

「分るもんか」

町田は、手すりに背中をもたせかけて、「人が何を考えているか、誰だって分りゃしない。自分が考えてることだって、ろくに分らないのに」

「六十年も生きてても？」

「生きれば生きるほど分らなくなる」

と、町田は言った。「分らないから、信じるんだ。分らないのに信じるから、価値があるんだ。そうだろ？」

ひとみは、ゆっくりと町田を見て、

「私を――本当に東京へ連れて行きたいの？」

「ああ。君の中に、私は初めて自分の未来を見たんだ」

と、町田は言った。「もう、未来なんかないと思っていた。老いて、死んでいくだけだと。――作り上げた、ホテルもレストランも、その内見も知らぬ奴の手を転々として、滅びていくんだと……」

「今は違うの？」

「違う。――私にははっきり見えた。君が私の子供を抱いて乳を含ませているのが。その子が私の築いたものを受け継いで、もっともっと大きくしていくのが。ひとみ。君は可愛い。だが、私はそれだけで君にこだわっているわけじゃない。君の中にしか、私の未来がないからなんだ」

町田の言葉を聞いて、ひとみはまた谷川の底へと目をやった。

「私が——あなたの子を産むの？」

「そうだ。いやか？」

「さあ……。想像もつかない」

ひとみの目は、暮れかかる空を見上げた。

「ひとみ——」

「私、ここへ帰って来たくなかった」

と、ひとみは言った。「東京にいたのよ、ずっと。それが……。お母さんがどうしても帰ると言い出して。私、いやだった。でも、まだ十五だった私が、一人で東京に残るわけにいかなかったの」

「どうして東京へ出たんだ？」

「さあ……。私が三つのときだもの。何も憶《おぼ》えていないわ」

「父親は？」

「顔も知らない。私が赤ん坊のとき死んだって……。そして、お母さんは働かなきゃいけなかったの。それには、この町じゃ無理だった……」

「そうか。——お母さんと一緒に東京へ来ればいい。暮しは私が見る」

「お母さんはここにいるわ」

「あの宮田という料理人がいるからか」

ひとみは町田を見て、

「知ってるの」

「それらしいと思っただけだ」

町田は、ひとみの肩を抱いた。ひとみも逆らわなかった。

「——私を捨てない？」

「ああ」

「誓う？」

「誓うとも。——誓いを破るほど長くは生きていない」

ひとみはちょっと笑った。そして——伸び上がって町田の唇に自分の唇を押し付けた。

吊橋《つりばし》の辺りは、ゆっくりと「夜」に包まれていった。

5　秘密

「何をおっしゃってるか、分ってるんですか？」

と、谷口良子は言った。

「何と言われても仕方ない。君が怒るのは当然だ」

橋山は畳にあぐらをかいていた。良子も今夜は家へ早く帰っていたのだ。

「私がどう思うかより、橋山さん、あなたはそれで納得できるんですか」

橋山は、良子から目をそらした。

「できるはずがないじゃないか。――もちろん、あの町田という男にお茶でもぶっかけてやりたいよ」

と、橋山は言って、良子がやや意外そうに、

「それなら……」

「しかし、町のことを考えるとね。――私はもういい。たとえ、町田さんとトラブルを起こして、町長を辞任することになっても、構やしない。どうせ長くないんだから」

「町長さん……。良くないんですか、具合?」

と、良子は訊《き》いた。

「このところ、時々我慢できないほど痛む。――もう何をやっても手遅れだ」

「何もおっしゃらなかったわ」

「言ってどうなる? 君が戻って来てくれて、嬉《うれ》しかったよ。しかし、それ以上、どうすることもできない。――君が戻って来てくれなかったら、もう何年も前に私は死んでいただろう」

「町長さんがそんな弱音を吐くなんて――」

「その『町長さん』はやめてくれないか」

と、橋山は少し苛々《いらいら》と、「二人しかいないんだ。よそよそしい言い方は――」

「それはあなたのせいでしょう。町のためとはいっても、六十の年寄が、十八の娘を本

気で愛していると信じてるんですか？」

「良子。――私も、もう七十七だ。六十のときを思うと、まだまだ、やり直すだけのエネルギーがあった。あの町田さんって人は、嘘をついてはいないと思うよ」

良子は表情を固くして、

「ひとみを、町のためにいけにえにして差し出せとおっしゃるの？」

「そう大げさなことでも……」

「大げさ！――町長さん。橋山さん、ずいぶん変ったものですね。昔のあなたは、女の身の辛《つら》さ、苦しさをよく知ってらしたわ」

良子の声は少し震えていた。

「良子――」

「やめて下さい！　呼び捨てにしないで」

と、はね返すように言って、「私はあの子の母親なんです。あの子を守ります。そのせいで町が滅びたって、それが何でしょう？　そんな町なんか、どうせ遠からず滅びるんです」

橋山は、深く息をつくと、立ち上がろうとして、少しよろけた。

「危い！」

良子が反射的に抱きとめた。

橋山は、一瞬間を置いて、良子を抱きしめた。良子はされるままになっていた……。

「――もうお帰り下さい、町長さん」

「良子……」

「ひとみのことは心配しないで。あのとき、あなたと約束したように、私一人で守ります」

「この情ない父親を笑ってくれ」

と、橋山は震える手で良子の顔を挟むと、そっと額に唇をつけた。

「白髪をいたわって下さるの？」

「まだまばらだ。――君はあのころと同じようにきれいだ」

「町長さん……。目が悪くなられたのね」

二人は顔を見合せ、一緒に笑った。

「――宮田はいい奴だな」

と、橋山は靴をはきながら言った。

「何ですか、だしぬけに」

「いや、ひとみ君も、父親を求めているのかもしれんと思ってね」

と、立ち上がって息をつく。

「父親をね。祖父ではありませんわ」

「そう……。だが、あの男……」

「誰のこと？」

「町田さんさ。――以前、どこかで会ったことがあるような気がする」

橋山は首を振って、「どこで、どんなときに会ったか思い出せないが、確かにどこかで……。ま、他人の空似かもしれんがね」

橋山は軽く肯《うなず》いて見せ、

「ひとみ君とよく話し合ってくれ」

と言うと、もうすっかり暗くなった夜道を歩いて行った。

――良子は、台所に立って、夕食の支度を始めた。

こんな時間にちゃんと食事の用意をするのは、久しぶりだった。――ひとみはどうしたのだろう。早退したと言っていたが、どこへ行ってしまったのだろう。

料理に専念して、何分過ぎたか。

良子は人の気配を覚えて振り返った。

「――ひとみ！　ああ、びっくりした。声ぐらいかけてよ」

ひとみは、鞄《かばん》を畳へ置くと、

「お母さん――」

「待って。夕ご飯にしましょ。話はその後でもできるわ」

「私、聞いてたの。表で。――町長さんとお母さんの話」

良子が青ざめた。ひとみは、母親から目をそらして、

「お母さんが私を産んだのが十九。そのとき町長さんはいくつ？」

「ひとみ──」

「五十……八か九か？　町田さんのことを悪く言う資格なんかあるの？」

「ひとみ。お母さんは、高校を出て町長さんの下で働いてたの。お母さんはあの方を愛してた。あなたを身ごもっても、後悔しなかったわ。でも──今度の話とは違うでしょう。あなたは町田さんを愛してなんかいない」

「そうかしら」

「──どういう意味？」

「私、東京へ行きたい。あの人が連れて行ってくれるのなら、子供くらい産んだっていいわ」

「ひとみ！」

「止めないで。止めても行くわ。あの人は私を大事にするって約束してくれたもの」

「あの方は奥さんのある身なのよ」

「でも、私が子供を産めば？──私の方が強いわ。若いし、気力もある。勝ってみせる」

「やめなさい！」

良子は踏み込んで、平手で娘の頰を打った。

ひとみは痛みなど感じもしない様子で、

「──私、明日、あの人と一緒に東京へ行くわ」

と言った。「荷造りする」

ひとみが奥の部屋へ入って行くと、良子は畳に座り込んだ。座ったことにも気付かないように。

ガステーブルで、鍋がゴトゴト音をたてていた……。


ここは……どこだ？

橋山は、夜道がいつまでも暗く続くのに戸惑っていた。

谷口良子の家から自分の家へ戻るのに、こんなにかかるわけがない。――どうしたというんだ？

七十何年もこの町で暮して来て、目をつぶったって、好きな所へ行ける。それなのに、果てしなく続く暗い道を、いつしか橋山は辿《たど》っていたのである。

「――妙だな」

と、呟《つぶや》いて、足を止める。

何か、奇妙な感じ、自分を何かが待っているという予感のようなものがあった。不安がふくれ上がってくる。

まさか……。おい、やめてくれ。まさか俺は今、三途《さんず》の川へ向ってるんじゃあるまいな。

橋山は自分の考えに恐ろしくなって、声を上げて笑った。それでも、ちっとも怖さはおさまらない。

振り返ると、灯一つない闇である。

こんなはずはない。歩きながら、夢でも見ているのか？　少しぼけて来たかな？

ともかく歩いて行けば……。


「――何だ」


と、思わず口に出して言った。

目の前には、あの吊橋《つりばし》があった。

どうして……。こんな所へ出てくるわけがない！

しかし、現に目の前に吊橋がかすかに揺れ、遠く谷川の流れの響きが立ち上ってくる。

橋山は、今自分が吊橋のそばにいることを、認めないわけにはいかなかった。

月明りが、吊橋を白く照らしていて、気が付くと、その中央に、手すりから身をのり出すようにして、じっと深い谷を覗《のぞ》き込んでいる女がいた。

そっと近付きながら、橋山は、

「この場面は、いつか見たことがある」

と思った。

そうだ。いつか、ここで見た光景だ。

その女がゆっくりと振り向く。

橋山は、膝《ひざ》が震えた。――嘘だ。嘘だ。

こんなこと、あるわけがない。彼女が、昔のあのままの姿でここに立っているなんて……。

彼女は橋山を見ていた。

「あなた……。私を捜しに来たの？」

と、彼女は言った。

橋山は答えられなかった。——自分でも知らなかったのだから。

「私に、何か言いたいことがあるんでしょ？」

と、彼女は月の光の方へ顔を上げた。

白く光る頰。そこには涙の跡がキラキラと輝いて見えた。——きれいだ、と橋山は思った。

そうだ。あのときも、そう思ったのだ。

「私……ここであなたに救われたわね」

と、女は言った。「飛び下りようとした私を、あなたは止めてくれた。——ねえ」

「ああ……」

橋山は、目をそらした。「そんなことがあったな」

「びっくりしたわ、あのとき。あなたは、私を止めるのに間に合わないと見ると、自分がこの吊橋から飛び下りようとした」

「とっさのことだ。他に思い付かなかった」

「私、あわててあなたを止めた。それで救われたのよね」

「僕が止めたんだとしても、君が自分でやめる勇気を持っていたからさ」

夢の中だ。――きっと、俺は夢を見ているのだ。

「貞子」

と、橋山は言った。「どうしてこんな所へ来たんだ」

「私がいない方がいいと思ったからよ」

「馬鹿なことを！　良子ちゃんはどうなるんだ」

「良子にはあなたがついてるわ」

貞子の声はゾッとするほど、哀《かな》しく、恨みをこめて響いた。

「しかし――」

「あなたには奥さんもお子さんもあるわ。私は、ひかげの身でも良かった。でも、こういう立場の女は、他にとって代る女が現われたら、身をひくしかないの」

「貞子、それは――」

「分ってるのよ。あなたは今、あの子を――良子を愛してる」

橋山は何か言いたくても、言えなかった。俺は、あのときの俺なのか？　それとも、年老いた俺なのか。

貞子、貞子。

許してくれ。俺は――俺は――。

「今度は止めないでね。増田さんに捨てられたときとは違うわ。良子のために死ぬんだから……」

「いけない！　貞子。──すまない。良子ちゃんとあんなことになるとは思わなかったんだ。僕が悪かった！」

──増田さんに捨てられたときとは……。

増田さんに……。

増田……。

橋山は、全身の血が引いていくように感じた。──増田。増田。

そうだ。あの男だ。

橋山は、思い当った。どこかで会ったことがある、あの町田という男。あれは──三十七年前、この吊橋で、貞子を突き飛ばして、郵便局から盗んだ金を持って逃げた、増田だ。

「──どうしたの？　橋山さん。──あなた、大丈夫？」

貞子の声が遠ざかっていく。

橋山は、胸苦しさによろけつつ、吊橋の手すりにつかまった。吊橋が揺れる。

心臓が──。心臓が──。

橋山はその場に崩れるように倒れた。

「あなた。——あなた、しっかりして」

遠くで声がする。

貞子。——君か？　俺を連れに来たのか。あの世から。

橋山は、自分の体がずいぶん軽くなっているように感じた。

「町長さん。——橋山さん」

町長？

目を開けると、ぼんやりとした人の輪郭が見えて、やがてそれは谷口良子になっていた。

「——良子」

「気が付いた！　良かったわ」

良子が、橋山の手を握った。「冷たい手をして……。こんなに……」

良子がすすり泣く。

「俺は……君の母さんに会った……」

と、橋山は言った。

「——え？」

良子にはよく聞こえなかったらしい。「どうしたんですか。苦しい？」

「良子……」

「何も話さないで。危なかったんですよ！　たまたまあの吊橋を車で通りかかった人が見付けて、この病院へ運んで下さったの」

良子は、自分の涙で濡《ぬ》れた手で、橋山の額をさすった。「私、ホテルのことが気になって。――若い子に任せていたので、大丈夫かと思って電話したんです。そしたら、あなたが病院に運び込まれたと……。飛んで来ました」

胸が、焼けるように痛い。声を出したくても、声にならなかった。

橋山は肯《うなず》いた。小さく肯いて見せた。――「大丈夫」と、「ありがとう」と、二つの気持をこめていた。

「もう、休んで下さいね。私、そばにいますから……」

橋山は、言わなければ、と思った。――町田は、あの男は、君の母さんを捨てた男だ。

それはつまり――あの男は、君の父親なのだ。

それを考えたとき、橋山は一瞬青ざめ、心臓が激しく打つのを覚えた。

ひとみ……。とんでもない！

ひとみを、町田は連れて行こうとしている。――ひとみが、自分の孫だということも知らずに。

6　訪問

ドアにノックの音がして、町田はゆっくりと歩いていくと、

「どなた?」

と訊《き》いた。

返事はなかった。代りにもう一度ノックの音。

夜中、十二時を回っていたが、町田は寝る気になれずにいた。橋山が何か返事を持ってくるかもしれないと思っていたせいもある。

しかし、今のノックは……。

ドアを開けて、町田は一瞬時間が止ったような気がした。

谷口ひとみが立っていた。手にボストンバッグをさげ、真直ぐに町田を見る目は厳しく輝いていた。

「明日、あなたと東京へ行きます」

と、ひとみは宣言するように言った。「今夜、泊めて」

「ああ」

町田は傍らへ退いて、ひとみを中へ入れた。

「――広いなあ」

と、ひとみはスイートルームの中を物珍しそうに見回して、「泊ってもいいのね?」

「君はいいのか」

「ええ」

ひとみは真直ぐに入って来ると、クルリと振り向いて町田を見た。

「今夜からだって同じことだわ」

「——確かにそうだ。しかし、君のお母さんは？」

「知らないわ。でも、いいの」

ひとみの言い方にはとげがあった。

「何かあったのか。母親と言い争ったのか？」

「当然でしょ。喜んで行かせる母親がいる？」

「それもそうだ。しかし、それを承知で私は君を連れて行くんだ」

「それなら、泊ってもいいわね」

ひとみは、バッグを放り投げた。そして、大きく伸びをすると、

「——お風呂《ふろ》に入ってくる」

と言った。

「その奥だ。ゆっくり入りなさい」

平気を装い、強がってはいるが、怯《おび》え、緊張している。膝《ひざ》は震えているかもしれない。

そんな十八歳の娘を抱くことなど、少し前の町田なら考えもしなかったろう。だが、今は分っている。自分があのきゃしゃな体をこの腕に抱きしめるに違いないということが……。

シャワーを浴びる音がバスルームから聞こえてくると、町田はあわててベッドルームへ入り、ベッドカバーをめくって、ピンと張った爽《さわ》やかなシーツの反射にまぶしい思い

をした。

震えているのは俺の方かな？　そう思うと笑ってしまう。

電話が鳴って、町田は舌打ちした。——何だ、こんな時間に！

電話をつなぐな、と言っておくんだった。

仕方なく出てみると、

「町田さんでいらっしゃいますか！　あの——校長の小田でございます」

「ああ、どうも。こんな時間に何ごとです？」

「申しわけございません。あの……おやすみとは思ったのですが——」

「用件を早く言って下さい」

「はあ。申しわけも……。実は町長が——橋山町長が、ついさっき亡くなりまして」

町田もさすがに言葉を失った。

「町外れの吊橋《つりばし》の所で倒れていたのを見付けられて、病院へかつぎ込まれましてね。それで急いで手当をして、一旦《いったん》持ち直したんですが、また急に……。あの——一応お知らせしておいた方が、と……」

「もちろんです」

と、町田は言った。「お知らせいただいてありがとう」

「いえ、どうも……」

「今、ご遺体は病院ですか」

「は、さようです」

「これから参ります。明朝早く発《た》たねばなりませんので」

と、町田は言った。「病院はどこです？」

町に、大きな病院は一つしかない。歩いても大した距離ではなかった。

「では」

と、電話を切り、町田は仕度しようとした。

「どうしたの？」

ひとみが立っていた。バスタオルを体に巻いただけの姿で。

「もう出たのか」

「お風呂、早いの。いつもお母さんに呆《あき》れられる」

と、ひとみは言って、「今の――お母さんから？」

「いや、そうじゃない。ちょっと出て来なきゃならない。待っててくれ」

「ええ……。でも、こんな時間に、どこへ？」

「すぐ近くだ」

町田は、ひとみから目を離せなかった。

そこには、ずっと昔に失った「青春」が息づいている。――そうだ。橋山は死んでしまったのだ。今さら急いでどうなる。

後でもいい。病院に行くのは、明日の朝でも……。

「――出かけるんじゃないの?」

と、ひとみが言った。

「そうだが……。急ぐこともないんだ」

町田は、ひとみを抱き寄せた。スッポリと腕の中へおさまってしまう、きゃしゃな少女の体は、かすかに固く引き締まった。

「心配するな」

「してないわ」

強がりを言って、ひとみは自分から町田へしがみついた。

町田はひとみを抱え上げると、ベッドへ運んで行った。

「腰、痛くない?」

「平気さ」

ベッドへひとみを横たえると、町田は傍らへ横になって、静かに唇を小さな唇の上に落とした。

ひとみが、かすかにため息をつくと、

「あなた……」

と言った。

その声が、町田の遠い記憶に共鳴した。

あなた……。あなた、か。

「――君のお母さんも、『あなた』と呼びかけるんだね」

宮田と谷口良子が話していた光景を思い出して、町田は言った。

「ああ、そうなの」

ひとみがちょっと笑って、「お母さんのお母さんが、いつも人に『あなた』って呼びかけて、よく誤解されてたって笑ってたわ、お母さんが」

「そうか……」

「それがどうかした？」

――この声。「あなた」と呼ぶ声。

この瞳《ひとみ》。この笑顔。

どこかで見たことがある。いつか、ずっと昔に知っていたような気がする……。

「どうしたの？」

と、ひとみが訊《き》く。

「いや、何でもない。――大したことじゃない」

町田はそう言って、明りのスイッチへ手をのばした。

病室の前に人が集まっているのが見えた。

町田は、静かな廊下を、その方へ進んで行こうとして――。

「失礼ですが」

と、呼びかける声で足を止めた。

「あんたか」

谷口良子は、黙って頭を下げた。

「町長が亡くなったと聞いてね」

「はい。あなたがおみえになると伺いましたので、お待ちしていました」

「娘さんのことだね」

「はい。町長さんからお話は……。でも、とてもそんなこと、親として承知するわけに参りません」

「娘さんはどう思うかな」

「あの子は、ただこの町を出て行きたいのです。高校を出れば、一人で出してもやります。でも、今は――あなたと一緒にやることなんか……」

「分るよ」

「私にはあの子しかありません。どうか――お一人で明日――いえ、この夜が明けたら、東京へ帰って下さい!」

良子は深々と頭を下げた。

病室の辺りがザワついた。

「――町長さんの奥様です」

「あんたはどうしてここへ来ていたんだ」

良子は少しの間黙っていたが、

「町長さんは――橋山さんは私にとって、特別な方だったんです」

と言った。「あの方のためにも、私はひとみをあなたへ渡すことができないんです」

町田は、ゆっくりと病室へ目をやって、それからもう一度、良子を見た。

「――誰かに似ていると思った」

と、町田は言った。「それで、あんたは一時この町を出ていたのか」

「橋山さんの具合が良くないと知って、戻りました。周囲にどう思われても、あの方のそばにいてあげたかったんです」

「そうか……」

と、町田は肯《うなず》いた。

「どうかあの子のことは忘れて下さい！　この通りです」

良子は、バタッと冷たい床に膝《ひざ》をつくと、両手をついて、頭を下げた。

「――立ってくれ。もう……あんたの娘は私の部屋にいる」

良子は呆然《ぼうぜん》として顔を上げ、

「――まさか」

「本当だ、さっき、バッグを手にやって来た」

「それじゃ……」

「私のベッドで眠っている」

良子は、よろけるように立ち上がると、

「あの方に……橋山さんに申しわけない！　私と母の恩人なのに……」

「あんたの母親？　だが――そんなころなら、橋山はまだ郵便局の課長だったろう」

良子はびっくりして、

「どうしてそんなことをご存知なんですか？」

「なぜ、君の母親の恩人なんだ」

「母を助けてくれたからです。――あの吊橋《つりばし》から飛び下りようとする母を、救ってくれたんです」

「吊橋から？」

「母は町の若い男に騙《だま》されて、郵便局のお金を盗んだんです。でも、その男は、お金だけ持って、母をオートバイから突き落として逃げました。母は絶望して、吊橋から飛び下りようとして――。それを橋山さんが助けてくれたんです。でもそのとき、母のお腹には私がいました……」

しばらく間があった。

そこへ、小田校長がやって来た。

「社長さん！　おいででしたか！　気付きませんで」

「いや……」

「わざわざ恐れ入ります。あちらの病室で――。大丈夫ですか？　お顔の色が――」

「いや、何ともない」

と、町田は言った。「ご挨拶《あいさつ》をさせていただきましょう」

「ご案内いたします」

町田は、小田の後について行った。

良子は、その場でじっと町田の後ろ姿を見つめて立ち尽くしていた……。


吊橋がかすかに揺れて、音をたてていた。

風があるとも見えないが、たぶん時々吹きつけていたのだろう。

町田は、吊橋の手すりから下を覗《のぞ》き込んだ。――谷川は、かすかな囁《ささや》きが耳に届くばかりで、まだ闇の中に溶けている。

夜明けには時間があった。

ひとみは眠っているだろうか？――ひとみ。

町田は、ふと人の気配を感じて、

「ひとみか？」

と、振り返った。

ほの白い人影は、少し離れて立っていたが、やがてゆっくりと近付いて来た。

「――ひとみさんとおっしゃるの」

「恵美！」

妻の姿を見分けて、町田はびっくりした。「こんな所で、どうしたんだ?」

「あなたこそ! 一体自分がいくつだと思ってるの? あと何年、寿命が残ってると思うの? 今さら若い女にのぼせるなんて!」

「河野から聞いたな」

「話をつけに来たのよ。あのホテルも、この町も、潰《つぶ》してやるから!」

恵美の声が震えた。

「もう、そんな必要はない」

と、町田は言った。

「何ですって?」

「俺は、夜が明けたら一人で発《た》つつもりだった。しかし、もう仕事にも戻りたくない。もう……」

「あなた……。私をごまかそうとしたって――」

「言ったろう。もう帰るんだ。――お前も忘れてくれ。すんだことだ」

恵美が当惑しているのが気配で分る。

「――さあ、行こう」

と、町田が促したとき、タタッと駆けてくる足音が聞こえた。

誰かが、町田にぶつかる。

「あなた!」

と、恵美が叫んだ。

「どうしても……どうしても……あの子をあなたへあげるわけにいかないんです！」

上ずった声で、谷口良子が言った。「許して下さい！」

良子はよろけて手すりにつかまった。

「あなた……。どうしたの！」

「何でもない！——何でもないんだ！」

「でも血が……」

「いいんだ」

町田は、脇腹に突き刺さったナイフを抜いた。

「早く病院へ——」

「いいんだ。俺は……ここでおしまいでいいんだ」

「そんなこと——」

良子が泣いている。

「さあ……」

と、町田は良子の肩に手を触れ、「このナイフを——持って行って処分したまえ……」

「町田さん……」

良子は顔を上げて言った。

「取るんだ。ひとみ君のために。あんたがいなくなったら、どうなる？」

「でも……町田さん……」

『あなた』と呼んでくれ」

良子は戸惑いながら、そのナイフを受け取った。

「恵美……。お前も憶《おぼ》えていてくれ。私は……この吊橋から、誤って落ちて死んだんだ」

「あなた――」

「あのホテルを、ちゃんと見てやってくれ……。これで、何もかもけりがつく……」

「待ってたわ。あなた」

背後で声がした。

手すりにつかまったまま振り返ると、貞子が微笑みながら立っていた。

「君か……。懐しい！」

「そうね。でも、分らなかった？　あの子を見たときに」

そうだ。――そうだった。

ひとみを見て、思い出したのは、この顔、この声だった。

「分らなかったよ……。年齢《とし》とったんだ、もう」

と、町田は笑って言った。「それにしても……三十何年も待ってたのか」

「あなたにバイクから突き落とされたときも、きっとあなたは戻って来てくれると思ってた」

と、貞子は言った。「時間はかかったけど……やっぱり戻って来たでしょう」

「ああ……。やり直せたら良かった。あのときに戻れて、君を迎えに戻れたら……」

「でも、今からでも遅くないわ」

「そうか？」

「あなたの大事な人たちのために、あなたにはできることがあるわ」

「うん……。そうだな……」

「落ちるのは一瞬よ」

「手をつないで、一緒に飛ぼう」

「ええ」

「頼むよ。——高い所は苦手なんだ」

「そうだったわね」

と、貞子は笑った。

「さあ……」

伸ばした手を、白い、柔らかい手がつかんだ。

「落ちるんじゃない。舞い上がるんだ、と思えば怖くないわ」

「舞い上がる、か。——そんな気がするよ」

うっすらと空が白みがかって来た。

町田は大きく息をついて、手すりを乗り越え、飛んだ。

本当に、空へ向って舞い上がるような気がした。

「――お母さん！」

ひとみの声で、良子はハッと我に返った。

「ひとみ！」

「今……あ、あ、あの人、死んだの？」

――吊橋の辺りは、明るくなり始めていた。

どれだけの間、立ちすくんでいたのだろう。

良子と、町田恵美の二人で。

「どうしてそんな……」

「何だか、そんな気がしたの。――あの人、私に向って手を振って、落ちていったわ、夢の中で」

「ひとみ――」

不意に、恵美が良子へ歩み寄ると、その手から血のついたナイフを素早く取って自分のバッグへ入れた。

「ひとみさんね。私、町田の家内です」

「あ……」

「主人は……あなたのことを気にしていました。私があなたとのことを責めたので――

飛び下りてしまったんです」

「――そうですか」

ひとみは、手すりへ駆け寄って下を覗《のぞ》いた。

良子が思わず娘へ飛びつき、

「だめよ！　あなたはだめよ！」

と、抱きしめた。

「お母さん……」

「あの人が死んだのを、むだにしないで。あなたは行きたい所へ行けばいいわ。でも、生きていて！」

「お母さん。私、大丈夫……。大丈夫よ」

ひとみは、良子の手を握って、「冷たいわ。――家へ帰ろう。ね？」

「ひとみ……」

「心配かけて、ごめん。でも――何もなかったんだよ」

「何も……」

「先に病院へ行くって、出て行ったんだもの、あの人」

「そう……。そうだったの」

良子は、娘の肩を抱いて、「帰りましょう。――奥様」

「後は私が」

と、恵美が言って、頭を下げた。

良子とひとみは、底冷えのする中を、身を寄せ合って歩いて行った。


恵美はホテルへ戻って行った。

この町に、夫は何か秘密を抱いていたのだ。

しかし、あの母娘と何の係りがあるのかを知ろうとすれば、それは夫の秘密を公にすることになるだろう。

いや、それは避けなくては。夫はこの町の「恩人」でなければならないのだ。

そうだ。あのホテルに夫の名前をつけて、夫の胸像を飾ろう。

こんな何もない町でも、必ずあのホテルを成功させてみせる。

恵美は、力強い足どりでホテルへと急いだ……。


つかまえた。

ひとみが戻って来てくれた。もう離すものか。

ひとみが吊橋の手すりに駆け寄ったとき、良子はゾッとしたのだった。

良子が母を死なせたように、娘までもあの吊橋で失うかと思った。

良子と橋山の仲に気付いて、母、貞子は橋山の目の前であの吊橋から身を投げた。その後、良子が死なずにいたのは、もう体の中にひとみを宿していたからだった。

ひとみ。——ひとみ。
もう二度と、離れていかないで……。

母は急に老け込んだように感じられた。
ひとみは、この母を見捨てるわけにいかない、と歩きながら思った。
町田とは何もなかった、と言って、母を安心させたことを後悔してはいなかった。
黙ってさえいれば、分らないことだ。きちんとベッドも直して来た。
お母さん……。私より先に、お母さんが幸せにならなくては。
——ふと、ひとみは思った。
もし……もし、町田の子がこの体の中に……。
まさか！　そんなことになるわけがない。
たった一度だけなんだもの。
そう……。万に一つ、そうなったら……。
ひとみは母の肩を抱く手に力を入れた。
「どうしたの？」
と、良子が訊《き》く。
「別に。——寒いね」
と、ひとみは言った。

二人はいっそう身を寄せ合って、家への道を急いだ。

——忘れられそうな、この小さな山間の町にも、朝が静かにやって来ようとしている。

今日の別れに

1　決意

玄関で靴をはこうとしていると、居間の電話の鳴るのが聞こえた。

歩美《あゆみ》は、耳を澄まして妹のチヒロが受話器を取るのを聞いていた。

「はい、草間《くさま》です」

チヒロはいつも愛想のない、ぶっきらぼうな言い方をする。歩美が何度注意しても、

「そう?」

とかとぼけて、一向に改めようとしない。

「――あ、私よ。どうしたの?」

チヒロの話し方がガラリと変る。

チヒロのボーイフレンドからなのだ。

歩美は、片方の靴だけはいた、何とも中途半端な格好で、妹の声に耳を傾けていたが、自分への電話でないと分って、諦《あきら》めてきちんと両足の靴をはき、表面の小さな汚れを布で拭《ふ》き取った。

バッグを手にすると、居間で笑い声をたてながらおしゃべりしているチヒロに向って、

「行ってくるからね」

と、声をかけた。

返事を期待していたわけではないが、思いがけずチヒロが玄関の方へ出て来た。

「電話、すんだの?」

「いいの。待たせてる」

チヒロは高校二年生の十七歳。

スラリと細身で、脚も長い。その点、歩美はいつもコンプレックスを覚えていた。

「――そう遅くならないつもりだけど」

と、ドアに手をかける。

「ちゃんと話してくるんだよ」

と、チヒロが言った。

「分ってるわ」

「お姉ちゃん、いざとなるとつい同情しちゃうんだから。だめよ、ピシャッと『今日で最後』って言わなきゃ」

「うん」

「希望持たせたら、結局向うに気の毒なんだから」

「はいはい」

四つも年下の妹に意見されようとは思わなかった。歩美は苦笑して、

「ほら、あんまり待たせちゃ気の毒よ。彼氏?」

「うん。でも、大丈夫。辛抱強いから」

チヒロと付合う男の子たちは、たいてい我慢強くなるように訓練される。

それでもチヒロは恨まれたりしないのだ。あくまで明るいチヒロの性格のせいだろう。

羨《うらや》ましい限りである。

チヒロは、歩美の知っているだけでも三人と同時に付合っていて、しかもそのメンバーもしばしば入れ替っているのに、およそトラブルにならないのだ。

それに引きかえ、私は——と、そんなことで妹と比較してみたところで、意味はない。

それは分っている。

分っているけど……。

やっぱり、「我が身の不運」を嘆きたくもなるのである。

「ともかく、行ってくるからね」

「はい、気を付けて」

と、いつになく心配してくれる妹に苦笑して、

「何に気を付けるの?」

「刺されないように、とかさ」

「変なこと言わないで。——それじゃ」

「鍵《かぎ》、かけるよ」

「うん」

やっと玄関を出た。

以前は待ち合せの場所の近くへ行くと足どりが重くなったものだが、今は家を出ること自体、一つの決心が必要だ。

ともかく、爽《さわ》やかな夕方ではある。

十月の下旬、土曜の夜は二十一歳の女子大生にとって、心ときめくロマンチックなデートに暮れて当然である。しかし、草間歩美の場合はそうではなかった。

待ち合せの六時まで、あと十五分しかない。バスと電車で、どんなにうまく行っても三十分はかかるので、少なくとも十五分以上の遅刻だ。

坂西正広《さかにしまさひろ》が、それに怒って帰ってしまうような男なら、状況はまた違っていただろう。

バスはすぐに来た。

ずいぶん日が短くなったので、駅へ向う間に、外はどんどん暗くなってくる。——それはまるで歩美の気持そのもののようだった。

歩美は一度、約束の時間に二時間も遅れて行ったことがある。いくら何でも、待っていないだろうと思った。

しかし、待ち合せ場所には青白い顔で凍えながら——真冬だった——坂西が立って木枯しに吹かれていたのである……。

もう、あなたとは会いたくない。——いくら歩美が自分の気持を様々な形で伝えても、坂西は聞き入れようとしない。

歩美は疲れ果てていた。

二十一歳。——好きな人ができたら、夢中で突っ走るのが当り前の若さなのに、今の歩美は、

「もう男なんてこりごり……」

とさえ思っていたのだった。

バッグの中でケータイが鳴り出した。

あわてて取り出したが、バスは空《す》いていて、誰も気に留めていない様子。

しかし、着信の番号を見て、首をかしげる。覚えがない。誰からだろう？

「——もしもし」

こわごわ出てみると、

「あ、草間君？」

「そうですけど」

「南田《みなみだ》だけど」

一瞬の内に、歩美の重苦しかった気分はどこかへ吹っ飛んでしまった。

「どうも。あの——今日は」

「今、話してて大丈夫？」

「ええ、大丈夫です！」

南田は、同じK大の一年先輩。

もう四年生だが、来春の卒業式では総代に選ばれるだろうと言われている。

単に成績がいいだけではなく、人柄も、多くの後輩から慕われている。――女子学生には特に。

南田に恋している女子学生を、学年の違う歩美ですら三人は知っている。四年生の女の子からは、

「少なくとも十人」

と聞かされた。

歩美は、南田と同じ教授の特別講義を取っていたことがあって、そのときに二、三度言葉を交わした。

「気さくで、すてきな人」

と思ったが、ともかくあまりに多くの女子学生が南田を射止めようと狙っていたので、初めから恋の対象にはしていなかった。

しかし、その南田が何の用だろう？

「実は、急な話で悪いんだけどね」

と、南田は言った。「今日、文化人類学の教授に会ったら、今S美術館でやってる〈ヨーロッパの時間〉っていう展覧会の券をくれたんだ」

「はあ」

「それが今日まででね。まあ、夜の八時までに入館すればいいっていうんだけど……。突然電話して、こんな話、申しわけないけど」

「いえ、そんな……。あの——私にその券を?」

「二枚ある。一緒に行かないかと思って」

 耳を疑った。

 南田が誘ってくれている!

 でも、大方突然の話だったので他の子に声をかけても誰も都合がつかなかったのだ。きっとそうだ。

「君だって何か用事があるだろうとは思ったんだけどね。君、確か以前会ったとき、文化人類学に興味があると言ってたよね」

 そうだっけ?

 当人は憶えていないが、ともかく、

「はい、とても」

 と答えておく。

 しかし——今夜?

 今夜は無理だ。坂西との話が、そう簡単に終るとは思えない。

「君、出て来られる?」

 と、南田は訊いた。

「八時までに入館すれば……」

「はい」

と、歩美は答えた。「八時、ぎりぎりになるかもしれないんですけど、構わないでしょうか」

「もちろん。それじゃS美術館の入口で待ってる。場所、分るね？」

「知ってます」

「じゃ、後でね」

と、南田は言った。「何かあったら、僕のケータイにかけてくれ」

南田の番号が、着信記録に残っている。それだけでも、歩美は大勢の女子学生から羨ましがられる資格を持っていた。

「はい。じゃ、必ず間に合うように行きます」

「うん、待ってるよ」

「あの、先輩――」

「その『先輩』って、やめてくれよ」

と、南田が苦笑している様子。「体育会系じゃないんだし」

「南田さん……。ありがとう、誘って下さって」

たとえ今夜が最初で最後でも。――歩美は心の中だけで付け加えた。

ケータイを切ってバッグへしまってから、急に胸がときめいて来た。

会ったら何の話をしよう？　展覧会といっても、歩美にはほとんど専門的なことは分らない。

ともかく、南田の話を聞いていれば、それでいい。それで充分だ。

でも——その前に。

その前に、やらなくてはならないことがある。

「——どうしよう」

と、歩美は呟《つぶや》いた。

坂西と会うのは六時半を過ぎるだろう。

八時にS美術館の前に行くには——七時……十五分には坂西と別れてそっちへ向わなくては。

八時までに入館するということは、もう少し前に着くようにしなくてはならない。

どうしよう……。

でも——でも、必ず行く！

たとえ何がどうなっても、南田からの誘いをむだにするなんて、絶対にいやだ！

歩美は固く決心した。

2　ためらい

まだ。——まだ、いてくれるだろうか？

歩美の心臓は、今にも破裂しそうな勢いで打っていた。息が苦しい。

夏でもないのに、汗が背中を伝い落ちて行った。

地下鉄の駅から地上へと階段を駆け上って行く。――いつもの運動不足がたたって、最後の五、六段は足を持ち上げるのもやっと。

腕時計を見る。八時十分。

もう遅い。もう遅い。

南田は、大方腹を立てて帰ってしまっただろう。そして、大学で会っても、二度と声もかけてくれない……。

ヨタヨタとよろけるように、S美術館の入口へと走った。

そして――歩美は足を止め、喘《あえ》いだ。

やっぱり。

もうS美術館の前には誰もいなかった。

当然だ。必ず行きます、と言っておいて、こんなに遅れてしまったのだから。

ケータイへかけようにも、地下鉄の車内では電波が届かなかった。

そう……。どうせこうなる運命だったんだわ。

少々オーバーにそう考えていると、

「草間君？」

振り返ると、南田が立っていた。

幻ではないかと思った。

「場所を間違えてるのかなと思って、裏の方を見に行ってたんだ」

「すみません！」

歩美は深々と頭を下げた。「急いだんですけど……。どうしても間に合わなくて……」

「いいんだよ。急に誘った僕の方が悪いんだから。——凄《すご》い汗だよ！　走って来たの？

悪かったね」

「いいえ！　南田さん……中、ご覧になってれば良かったのに」

「ああ。でも、一人で見てもね」

と、南田は微笑んで、「展覧会はまたあるさ。——食事でもしないか」

これって夢？

歩美は、「夢でもいい！」と思った。

「はい！」

と肯《うなず》いた拍子に、こめかみを汗が伝い落ちた。

美術館から近いパスタの店に入って、オーダーをすませると、

「すみません、ちょっと手洗って来ます」

と、歩美は席を立った。

化粧室で、冷たい水を顔に叩《たた》きつけるようにして洗うと、少し気持が落ちついた。

ペーパータオルで顔を拭《ふ》き、鏡の中の自分と目が合う。

——あれで良かったのか？

いいも悪いもない。仕方なかったんだ。

そう……。私のせいじゃない！

歩美は強く頭を振った。


「坂西君。話したいことがあるの」

時間がない。――その思いが、歩美の背を押した。

「うん」

歩き出しながら、坂西は、「食事しながらでいいよね」

と言った。

「オムライスのおいしい洋食屋を見付けたんだ。予約入れてるから」

予約、と言われたら、いつもの歩美ならここで引っ込んでしまうところだ。

でも、今日はそういうわけにいかなかった。

「ごめんなさい」

と、歩美は言った。「食事してる時間がないの」

坂西の振り向いた目は哀しげだった。

「――予約してくれてるなんて知らなかったもんだから」

と、歩美は言った。

「それはいいけど……」

「ね、聞いて。——お願い。もう会うのはこれで最後にしましょ」

公園の出口という、中途半端な場所だった。

ゆっくり話し込むような場所ではないが、しかし、一旦《いったん》どこかで腰を落ちつければ、話がそう簡単に終らないのは目に見えている。

ここで話してしまおう。——歩美は一歩も動かない決心で、坂西と対した。

「前にも話したでしょ。私、どうしてもあなたとお付合いしていく気になれないの。無理をして会ってても、辛《つら》いばっかり。お願い。もう電話も手紙もやめてちょうだい」

これ以上はっきりとは言いようがない。

しかし、坂西は何とか逃げ道を作ろうとした。

「今日は急ぐの?」

と、訊《き》く。

「行かなきゃならない所があるの」

「でも、僕との約束の方が先だったんだろ?」

「そうだけど……急な用なの」

「何なの、用事って」

歩美は、坂西のペースに巻き込まれまいとした。

「どうでもいいじゃないの。ともかく、もう会わないわ」

「でも、それこそ急だよ。——今日は時間がないのなら、それは仕方ないけど、その代りもう一度ゆっくり会って話そうよ」

今日の約束は自分の方が先だ。それを破って他へ行くのなら、その代りにもう一度会って。

いつも坂西は、歩美に「自分の方が悪いのかも」と思わせてしまう。でも今日は違った。

今日は南田がいる。坂西はそれを知らなかった。

「むだだわ。もうこれで終り。分って」

「君にはむだでも、僕には大切なんだ。納得できないで別れるのなんて……」

「だから言ったじゃないの。会いたくないの。あなたと会いたくないのよ」

つい、声が大きくなった。

道を行く人が振り返って見ている。

「——誰か好きな相手ができたの？」

「あなたに関係ないでしょ！」

と、歩美は言い返した。「私に好きな人がいてもいなくても、あなたを好きになることはないんだから。同じことでしょ」

さすがに、坂西の顔が青ざめた。——歩美がこれほど強い口調でものを言ったのは初めてだった。

歩美は、じっと口をつぐんだ。

口を開けば、坂西に詫《わ》びるか、慰める言葉が出て来てしまう。その気弱さが、今までこうしてズルズルと別れられないままにして来たのだ。

今日は何も言わない。今日は決して。

言うべきことは言った。もう充分だ。

坂西はじっと待っていた。歩美の方が口を開くのを。

そうはいくもんですか！　今日は何も言わないわよ。

黙ったまま、二人は公園を出た所でじっと立ちすくんでいた。

途方もなく長い時間に感じられたが、たぶんせいぜい四、五分のことだったのだろう。

「――分ったよ」

ついに、坂西が口を開いた。「時間がないんだろ。もう行ったら」

「ええ、行くわ。それじゃ、さよなら」

早口に言って、歩美はそのまま公園を出て、広い車道の横断歩道を渡った。

もう振り返るまい。二度と。

終った。――終ったんだ。

歩美は、地下鉄の駅へ下りる入口の方へと足を向けた。

そのとき、車の急ブレーキがけたたましい叫び声を上げた。何かがぶつかる音。そしてガラスの割れる音。

振り向かないわけにはいかなかった。

後続の車のブレーキ音がいくつも連続した。

車を降りた人が駆けて行く。——車道に何か黒いものが見えた。

人だろうか？　あの黒くうずくまっているものは。

人。——人。

でも誰が？　誰があんな所で寝そべったりするだろう。

「——まさか」

そんなことが……。そんなことがあるわけない！

歩美は、いつの間にかあの横断歩道の所まで戻っていた。

車がたちまちつながって、クラクションが派手に鳴り、大騒ぎになっていた。

「こいつが飛び出して来たんだ！」

と、上ずった声で喚《わめ》いているのは、はねた車のドライバーらしい。

倒れている人間が見えた。

坂西だ。——一目で分ったが、そばへ寄る気にはなれなかった。

「誰か一一九番へかけてくれ！——救急車を呼んでくれ！」

と、男は大声で叫んでいた。

誰が呼んだのか、じきにサイレンが聞こえて、救急車がやって来た。パトカーも、別の方向からやって来る。

「——虫の息だな」

救急隊員の声が耳に届いて、歩美は身震いした。

「病院までもつかな」

「ともかく運ぼう」

坂西は救急車の中へ運び込まれた。

大勢人が集まっている。

「――誰か、この人の連れの人はいますか」

と、救急隊員が見物人に声をかけた。

歩美は一歩前へ進み出ようとして、思い止まった。

「誰か、この人の連絡先など、知っている方は？」

言わなくては。

その人、私の連れです。きっと、私に振られて車の前へ飛び込んだんです。

でも、何かが歩美をためらわせていた。

「――あの子、一緒だったんじゃない？」

と、誰かが言った。

「ねえ」

どこのおばさんたちだろう。

冗談じゃないわ。何を言い出すのよ。

「あんた、あの男の子と言い合ってたでしょ」

そのおばさんたちの一人が、ぶしつけに歩美を指さした。

歩美は一歩後ずさった。

「違います」

と、首を振る。「私じゃありません」

「そう？　確かにあんただったと思うけどな……」

歩美はゾッとした。

南田との約束！

こんな所で、これ以上あれこれ訊かれたりしていたら、間に合わない。

そう思うと、歩美は急にシャンと背筋を伸ばして、

「人違いです。本人が言ってるんですから、間違いないでしょ。私、今ここを通りかかっただけです」

歩美の自信たっぷりな言い方に、相手のおばさんも、

「そう……。そうだったかしら」

と、曖昧《あいまい》に引っ込んだ。

坂西が救急車へ運び込まれる。

後はもう、病院へ任せるしかない。——たとえ歩美が名のり出て、坂西に付き添ったところで何ができるだろう。

歩美は医者でも看護師でもない。いてもいなくても同じだ。

そうだ。

救急車のサイレンが遠ざかって行くのを聞きながら、歩美は地下鉄の駅へと大股《おおまた》に歩き出していた……。

「——もう、ここで」

と、歩美は足を止めた。「私、地下鉄で一本ですから」

「そうか。——本当なら、お宅まで送って行かなきゃいけないんだけどね」

「そんなこと……。恋人ってわけでもないのに」

と、歩美は笑った。

そうでしょ？

「僕の方は、恋人《こいびと》のつもりでいる」

嘘。——そんなこと、あり得ない。

「でも——南田さん、一杯女の子たちが——」

「みんなオーバーに言ってるだけさ。僕はいつかの特別講義で、君のことを見て、すてきだなと思ってたんだ」

これって夢？　空想の世界？

「——迷惑かな」

「いいえ！」

即座に言った。「とんでもない！　嬉《うれ》しいです、私」

「なら良かった」

と、南田は微笑んだ。

「南田さん……。ありがとう」

「お宅まで送ろうか」

歩美は南田の腕に自分の腕を絡めた。

「送って」

「うん」

帰り道が、こんなに近かったことはない。

三倍も四倍もあればいいのに、と歩美は思った。

歩美の頭から、坂西と、あの出来事は完全に消えてなくなっていた。

しかし、二人の腕が絡まった、ちょうどその時間、坂西の心臓は動きを止めていた。

3　視線

歩美がダイニングへ入って行くと、遅い朝食をとっていたチヒロが手を止めて、

「——お姉ちゃん」

と言った。「やっぱり行くの？」

歩美は黙って肯《うなず》いた。

母の照子《てるこ》が立ち上って、

「何か食べて行ったら？」

「食べたくない」

と、歩美は首を振った。

「いいから、少しお腹へ入れとかないと、気分悪くなるわよ。座って」

歩美は言われる通りに椅子を引いて腰をかけた。黒のスーツ。黒のバッグ。

「この間、作ったスーツ？」

と、チヒロが訊《き》く。

「うん。伯母さんのときの」

照子がスープとトーストを用意してくれると、歩美は意外にすぐ食べてしまった。

「お香典の袋は？」

「コンビニで買う」

「名前書くのよ。書くもの、持ってる？」

「うん」

チヒロが紅茶を飲みながら、

「やめとけば？」

「そういうわけにはいかないわ。——一応お付合いしてたんだし」

歩美はチラッと時計を見た。

「——告別式、何時から？」

「一時」

「じゃ、まだ急がなくてもいいわね」

「初めから出る必要ないよ」

と、チヒロが言った。「途中で入って、すぐ帰って来ちゃえば」

「うん。そのつもり」

チヒロは首を振って、

「やめといた方がいいと思うけどな」

と言った。

もちろん。——歩美だって、できることなら行きたくない。

坂西正広の死が、歩美のせいだということ。直接にでなくとも、間接的に、歩美に振られたのが原因だということは、坂西の家族も知っている。

家族といっても、坂西が一緒に暮していたのは母親だけだ。結婚している姉がいたはずだが、何年も会っていないということだった。

母親から恨まれていることは、想像がついた。しかし——息子の告別式だ。取り乱しはしないだろう。

「歩美」

と、照子が言った。「あんたが責任感じることないのよ。分った？」

「うん」

「失恋して自殺なんて、情ないよね！」

と、チヒロが言った。「そんなの、当てつけだよ」

歩美は、母のいれてくれた紅茶を、たっぷり砂糖を入れて飲んだ。

――坂西と別れ話をして、その場を立ち去った。坂西が車の前に飛び出して死んだことは知らなかった。

歩美は、母や妹にはそう話していた。

翌日、TVのニュースでチヒロがびっくりして歩美を呼んだ。歩美は、そのとき初めて知ったふりをしたのだ。

たとえ「責任を感じる必要はない」としても、あのとき、救急車を黙って見送ったことには罪の意識を覚えていた。

行かなければ。せめて、彼の遺影の前で手を合せ、心の中で詫《わ》びよう。

彼と別れたことを、ではない。それは人間同士の付合いの中では、どうしたって避けることのできないものだ。

ただ、死にかけている彼を一人救急車に乗せてしまったこと。そばにいた女性から、

「一緒にいたでしょ」

と言われて、否定したこと。

他にどうしようもなかったとはいえ、嘘をついたのは事実である。

「私じゃありません」

そう言ったとき、歩美は、聖書の中で捕えられるのを恐れたペテロが、キリストのことを「知らない」と三度言ったという、あの部分を思い出していた……。

「──行ってくるわ」

と、歩美は飲み干したティーカップを置いて言った。


その集会場へ一歩足を踏み入れて、歩美は後悔した。

来なければ良かった。──しかし、今さら引き返すわけにはいかない。

〈坂西正広告別式〉

という貼紙も、風にあおられて破れかけていた。

受付に立っていた女性も、退屈し切って欠伸《あくび》をかみ殺していた。

中へ入って、歩美は思わず足を止めたが、それは正面の祭壇で、坂西の黒リボンをかけた写真が自分を見つめていたからではなかった。

あまりに、その会場は閑散としていた。

一応、椅子は二、三十脚並んでいたが、座っているのは三、四人だった。読経《どきょう》の声が流れ、香の匂いはこもっているが、焼香に訪れる人が少なかったのは、受付の記帳を見ても分った。

仕方ない。早くすませて帰ろう。

歩美は背筋を伸ばし、一つ大きく息をつくと、真直ぐに祭壇へ向った。

写真の中の坂西は微笑んでいた。――よく、こんな写真があったものだ。

坂西は自分が写真に撮られることを嫌っていて、仕方なく写真に納まるときも、たいてい仏頂面をしていた。――これは大分前の写真だろう。もしかすると高校生のときかもしれない。

歩美は焼香をして、遺影に向って手を合せると、初めて傍の遺族席へと目をやった。

そこも寂しかった。

一見して母親と分る、髪のずいぶん白くなった女性。その隣は、坂西の姉だろうか。坂西より五、六歳上というから、二十七、八のはずだが、疲れて、三十代半ばくらいに見える。

椅子は、十脚ほども並んでいるのだが、座っているのは、その二人だけだった。

もともと東京の出身ではなく、親戚《しんせき》もほとんどいないと聞いていたが、それにしても……。

もしかすると、失恋しての自殺ということもあって、親戚にも知らせなかったのかもしれない。

坂西の母親の前で足を止め、頭を下げるときは緊張した。何も言わなかった。

口をきかなければ、誰か分らないだろうと思ったのだ。

「あ……」

半ば放心状態の母親の方は、歩美が前に立ったことさえ気付かなかったようだが、隣の女性が顔を上げると、

「——草間歩美さんですね」

と言った。「正広の姉です」

歩美は、その口調が落ちついているので少しホッとした。

「どうも……。この度は……」

こういうとき、何と言えばいいのか、慣れていない。

「弟がご迷惑をおかけしたようで」

「いえ……。こちらこそ、申しわけありませんでした」

と、歩美はかぼそい声で言った。

母親がゆっくりと隣の姉の方を見て、

「どなた?」

と訊《き》いた。

「お母さん。正広がお付合いしていた方よ」

姉が母親の手をつかんで言った。

「——あなたが」

その視線は、決して責めているようではなかったが、歩美をその場から動けなくした。

「申しわけありません……」

と、歩美はくり返して、頭を下げた。

「いいえ。あの子がいけないんです。許してやって下さい」

母親に逆に頭を下げられると、歩美の胸が痛んだ。

「よろしかったら、出棺まで見送ってやって下さいませんか」

母親にそう言われると、歩美は、「用があるので」のひと言が出て来なくなってしまった。

「はい、もちろん」

と、つい答えてしまったのである。

——仕方なく、椅子の一つに腰をおろした。

ちょうどそのとき、若い女性が一人、黒のワンピース姿で入って来た。

年齢は歩美とそう違わないだろうが、地味な、目立たない印象の女性だ。

ていねいに焼香し、合掌すると、坂西の母と姉に黙って一礼して、そのまま帰るかと思われた。

しかし——ふとその女性が歩美を見て、二人の目が合った。

その女性はなぜか足を止めると、歩美の方へやって来た。そして、隣の椅子に腰をおろしたのである。

誰だろう？——歩美には全く見憶《みおぼ》えがない。

「——歩美さんですね」

と、低い声で言う。

「え？」

「私、坂西さんと同じM事務機に勤めている三橋《みはし》と申します」

「はあ……」

坂西は高卒で勤めに出ていた。母との二人暮しでは、大学へ行く学費が出なかったのだろう。

「とてもおとなしくて、真面目な人でした」

と、その女性は言った。

「三橋……さん？」

「三橋智子《ともこ》といいます」

「ああ。——よく話し相手になってくれる子がいるって、坂西君、話してました。あなたのことですね」

三橋智子の頰に、初めて笑みが浮んだ。

「坂西さんが、そう話してたんですか」

「ええ。とても映画が好きで、って……」

「じゃ、きっと私のことです」

三橋智子の目に涙が光った。「相談相手になってくれたのは、坂西さんの方です。私、田舎育ちで、友だちも少なかったので」

意外な話だった。

坂西にも、当然ではあるが、歩美の知らない顔があったのだ。

「坂西君のこと、好きだったんですか」

と、歩美は訊いた。

いつもなら、こんなことを初対面の人間に訊くような歩美ではないが、少なくとも自分以外の女性と付合いがあったと分れば、いくらか気が楽になると思ったのだ。

「——あの人はあなただけを好きでしたもの」

という、三橋智子の言葉には、せつない響きがあった。

「私だけを……。そう話してたんですか」

「ええ。あの前の日も『明日はデートなんだ』と、お昼休みに嬉《うれ》しそうに話してくれました」

「——そうですか」

歩美の胸が痛んだ。

仕方のないことなのだ、と頭で納得していても、自分のために坂西が死んだという事実が消えてなくなるわけではない。

「ごめんなさい」

と、三橋智子は言った。「あなたを責めてるわけじゃないんです。仕方のないことですものね。人を好きになったり、嫌いになったりするのは理屈じゃないし」

「私、何度も別れてくれと頼んだんです」

と、歩美は言った。「でも、坂西君は聞こうとしなかった」

「ずっと思い続けていれば、いつかそれが通じると信じていたんだと思います。そんなことを話してくれたことがありますわ」

「一旦《いったん》離れてしまうと、人間の気持って、どんどん遠ざかってしまいます。――私は、そう思うんですけど」

三橋智子は、何も言わなかった。ただじっと、正面の坂西の写真を見つめている。

「――時間ですので」

と、葬儀社の人が言った。

結局、歩美の後で焼香に訪れたのは、三橋智子を含めて三人だけだった。

外へ出ると、歩美は出棺を待った。

「――お勤め先の方も、皆さんおいでにならないんですね」

と、歩美が言うと、三橋智子の顔がちょっと歪んだ。

怒りか悲しみか、たぶんその両方だろう。

「一緒にお酒を飲んだりのお付合いが全然なかったので、みんな気にもとめていないいんです。むしろ、突然死んじゃって、後の仕事が大変だって文句を言ってる人がいます」

冷たいものだ。――会社など、もともとそんなものだと言ってしまえばそれまでだが。

「出棺でございます」

と、声がした。

坂西の母親が、あの坂西の写真を両手で抱きかかえるように持っている。その母親を坂西の姉が支えていた。

「お気の毒だわ」

と、歩美は言った。

「一つ、伺ってもいいですか」

と、三橋智子が言った。

坂西の棺が、前を通り過ぎて行く。

「何でしょう？」

歩美は棺を目で追いながら言った。

三橋智子は棺に向って合掌すると、

「――あのとき、どうして救急車に坂西さん一人を乗せて行かせたんですか」

と言った。

4　光と影

穏やかな春の日射しが、広いガラス窓から斜めに入っている。

その白い光の中を、黒留の婦人たちやカクテルドレスの娘たちが行き交う。

「本日はおめでとうございます」

一日に、一体いくつの「おめでとう」が、このロビーで飛び交うのだろうか。

「——あ、お姉ちゃん！」

チヒロが飛びはねるようにして、「どこ行ってたの！　もう仕度しなきゃ」

「大丈夫よ」

歩美は大きな手さげ袋を持っていた。少し持ち上げるようにしないと、袋の底がカーペットをこすってしまう。

「まだ充分時間あるわ」

と、歩美は言って、ロビーのソファの上に手さげ袋をのせ、息をついた。「大体、修《しゅう》介《すけ》さんたちがまだ来てないでしょ」

「まあね。——呑気《のんき》な人だね、あの人も」

と、チヒロが肯《うなず》いて、「お姉ちゃんも、大分あの人の感化でのんびり屋さんになったよ」

「あんたほどじゃないわ」

と、歩美は言い返した。

それにしても——南田がこんなに呑気な人だったなんて。

歩美は思い出し笑いする種に事欠かない。

付合い出して五年。――南田修介は今二十七歳になったが、大学時代、「秀才」のほまれ高く、卒業生総代までつとめたのが嘘のように、入社した企業ではまるで出世コースから外れた呑気ぶり。

歩美も、大学を出てから小さな会社に勤めたが、そのOL暮しもこの春で終った。

歩美は充分に幸せだった。心から恋し、恋された相手と結ばれるのだ。これ以上のすてきなことはない。

「電話してみる?」

と、チヒロが言った。

チヒロも、もう大学の四年生。クールでしっかりしているところは、五年前と一向に変らない。

「もう来ると思うけど……。今、お家へ電話して、まだいたら、式に間に合わない」

「そうだね」

チヒロの方が苛々《いらいら》している。「それにしたって、自分の結婚式なのに!――私、正面玄関の所で待ってる」

歩美が止める間もなく、チヒロはホテルの宴会場入口へと駆けて行った。

大丈夫。――修介さんは、ちゃんと約束を守る人よ。たとえぎりぎりになってもね。

歩美は、荷物もあるからそう動くわけにもいかず、ロビーのソファに座っていた。

すると――誰かが傍に立って、

「本日はおめでとうございます」

――歩美は、少しの間、自分が言われたのだと思わずに座っていたが、やがてハッとして、

「あ、どうも」

と、あわてて立ち上った。

立っていたのは、黒いワンピースの女性で、盛装というよりも、喪服のような印象だった。

「あの――」

見憶えのない顔だった。

誰だろう？　誰か他の人と間違えているのでは……。

「おめでとうございます、歩美さん」

と、地味な印象の女性は言った。

「失礼ですが――どちら様でしたか」

と、歩美が訊《き》く。

そのとき、ソファにのせておいた手さげ袋が床へ落ちて、中から化粧道具などが転り出た。

歩美はあわてて飛び出たものを拾い集めて袋へ戻し、

「失礼しました。あの――」

と振り向くと、もうあの女性の姿はなかった。

ソファの上に、袱紗《ふくさ》に包んだものが置かれている。祝儀袋を置いて行ったのだろうか。

歩美はその袱紗を開いて――凍りついたように手を止めた。

包んであったのは、香典袋だった。

何なの、これ？

歩美は青ざめた。――手を触れたら爆発でもしそうな気がして、しばらくその香典袋を見ている。

〈御霊前〉の文字の下に、〈三橋〉と筆で書かれている。

三橋。――三橋。

あの人だ！

歩美はロビーへ進み出て、行き交う人々の中に必死にさっきの女性の姿を捜した。

坂西正広の葬儀のときに来ていた、同じ勤め先の女性。坂西に思いを寄せていたらしい、あの女性だ。

三橋……智子だったか。

五年もたって、彼女はひどく老けていた。もし名のられたとしても、なかなか分らなかっただろう。

でも――これはどういうつもり？　いやがらせだろうか。

結局、三橋智子の姿はどこにも見当らず、歩美は諦《あきら》めてソファの所へ戻った。

香典袋を手に取る。手触りは、中がお金だけでない印象だった。気は進まないながら開いてみると、中袋に一万円札が三枚。そして折りたたんだ手紙。開くと、几帳面な字が並んでいた。

〈本日はご愁傷さまです。貴女《あなた》は嘘をつかれましたね。坂西さんは一人寂しく死んで行ったのです。そのとき、貴女は他の男と笑い合っていた。坂西さんを死なせ、しかもその死の間際まで裏切り続けた貴女に、幸福になる資格はありません。

坂西さんのお母様は、あの三か月後に亡くなりました。貴女が殺したのも同じです。人に与えた悲しみを、ご自分で味わってみて下さい。　三橋智子〉

怒りや恨みに震えた字ではない。あくまでペン字のお手本のような、正確で律儀な文字。

「――狂ってるわ！」

歩美は震える手で、その手紙を握り潰《つぶ》した。

幸福になる資格はない？――ふざけないでよ！

勝手に人に惚《ほ》れて、散々つきまとった挙句、会うのを断られたからといって自殺する。そんな男の死に、どうして責任を負わなきゃならないの？

歩美は、こみ上げてくる憤りでじっとしていることができず、ソファの周りを歩き回った。

確かに——嘘はついた。

でも、本当のことを言ったからといって、坂西が戻ってくるわけではないのだ。

大体、坂西の後を尾《つ》けて、歩美と会うのをずっと物かげから見ていたという三橋智子の行動の方がまともではない。

なぜ、坂西の運ばれて行く救急車に一緒に乗って行かなかったのかと訊かれて、歩美は、

「仕方なかったんです。妹が突然入院してしまって、どうしても坂西君について行くわけにいかなかったんです」

と答えた。

それはもちろん、とっさの思い付きで言ってしまった出まかせだった。

坂西の葬儀のときに、

「他の男の人とデートするために」

とは言いにくかったのだ。

たかが、その程度の嘘が、責められることだろうか。

「冗談じゃないわ」

歩美は、クシャクシャにした手紙をその辺の灰皿へ放り投げ、お金を香典袋へ戻した。

三橋智子へ叩《たた》き返してやろう。——いやがらせも、ほどほどにしないと警察へ訴えて

やる！

　ふと我に返った。

　南田はどうしたのだろう？　いくら何でも遅すぎる。

　持物をソファに残したまま、歩美は宴会場入口の方へと急いだ。

「──チヒロ、どう？」

　ガラスばりの自動扉を出ると、チヒロが苛々しながら立っている。

「まだよ。どうなってるの？」

　ふと不安がきざした。──あの三橋智子が何かしたのかもしれない。

「電話するわ」

　と、歩美は言った。「ここにいて」

「うん」

　歩美はロビーへ戻って、ソファの方へと歩き出した。バッグにケータイが入っている。

　修介もケータイを持っているはずだ。

　そのとき、背後でガラスの割れる音がした。

　振り返った歩美は、我が目を疑った。

　あの分厚いガラス扉を突き破って、車がロビーへ突っ込んで来たのだ。

　しかも──車は、扉のすぐ前に立っていたチヒロを押し倒し、ガラス扉と共にチヒロの姿は車の下へ消えた。

車は停った。——静寂と、凍りついた一瞬。

「チヒロ！」

と、歩美は叫んで駆け出した。

ホテルの従業員も、やっと動き出したが、どうしたらいいのか分らず、オロオロするばかり。

「救急車を！　早く！」

と、歩美は怒鳴った。「チヒロ！」

車の下から、チヒロの白い手首が覗《のぞ》いている。ガラスの砕けた破片に半ば埋れて、チヒロは低い呻《うめ》き声を上げた。

「しっかりして！　すぐ助けてあげるからね！」

歩美は上ずった声で叫ぶと、「早く、ここから出して！」

と、駆けつけて来たベルボーイや黒服のホテルマンの方へ言った。

「お任せ下さい！　今、救急車を呼んでいます」

責任者らしい男は、さすがに落ちついていて、青ざめているボーイたちにてきぱきと指示を出した。

「そっと引張り出すんだ。——気を付けろ！」

歩美は少し退《さ》がると、呆然《ぼうぜん》としてその悪夢のような光景を見ていた。

車のドアが開く。

歩美は、車のことなど全く見ていなかった。それが見慣れた車だということにも気付かなかった。

「——歩美」

振り向くと、南田がいた。

どうしたの？　遅かったじゃない。

そう言おうとして、声が出ない。

「こんなこと……。どうしたのか、分らないんだ。突然、ブレーキが効かなくなって……。いや、気が付いたらアクセルを踏んでたんだ。ブレーキを踏んだのに！　確かにブレーキを踏んだのに！」

南田の額から血が流れている。

あなた……。あなたが？

「チヒロをひいたの？」

「歩美……」

苦しげな呻き声がした。

車の下から引張り出されたチヒロは、白い服を真赤に血で染めて、震えていた。

「チヒロ！」

歩美は妹の手を握った。

サイレンが近付いて来る。

「救急車です」

と、ホテルの男が言った。

「あの……車の中にもけが人が」

と、南田が言った。「両親がけがをしているんです」

「すぐ救急車を呼びます。お待ち下さい」

「ええ……。彼女を先に。――助けて下さい。チヒロ君を」

歩美は、担架に乗せられて救急車へ運び込まれるチヒロについて行った。

「草間です。両親へ連絡を」

と、ホテルの男へ頼んで、救急車へ一緒に乗り込んだ。

救急車は走り出した。サイレンが、中にいるとふしぎに遠く聞こえる。

「――出血がひどい」

と、救急隊員が言った。「時間との勝負だ。病院は？」

「S病院が」

「じゃ、すぐ近くだ。五分とかかりませんよ」

「お願いします！　急いで！」

歩美は、妹の手を固く握っていた。

チヒロが死ぬもんか！　元気で、命の塊のようなチヒロが。

――歩美は、やっと状況をのみ込んでいた。

なぜか、南田の車がチヒロをひいて、ホテルの玄関へ突っ込んだのだ。

こんなひどいことが……。今日は結婚式だというのに。

「チヒロ……」

祈るように、歩美は呟《つぶや》いた。

そのとき、救急車のスピードが急に落ちて停止した。

「どうしたんだ？」

と、救急隊員が言った。「おい！　どうした？」

「事故だ！」

運転席から返事があった。「車が衝突したらしい」

まさか！――そんなひどいことが！

歩美は涙声になって、

「お願い！　何とかして下さい！　早く病院へ！」

と哀願した。

「ツイてない！　動きがとれないんです」

歩美は扉を開けて、救急車を降りた。そして、愕然《がくぜん》とした。

広い通りが車で埋っている。――前も後ろも、何十台もの車がびっしりとつながって
いた。

私が――私が何をしたの？

「あんまりだわ……」

歩美は、救急車にすがりつくようにして、泣いていた。

5 償い

「おめでたい日になるはずだったのにねえ……」

囁《ささや》くような声なのに、なぜか歩美の耳にははっきりと会葬者の交わす言葉が聞こえていた。

――やめて。やめて。

もう言わないで。

思い出したくない。

あの恐ろしい瞬間。あの光景。

ホテルのロビーで、放心したように立っていた南田。

何も思い出したくない。

思い出したところで、もうチヒロは戻らない。死んだ妹は生き返らないのだ。

それならせめて、チヒロが死んだという事実だけを考えていよう。なぜ、どんな風に死んだのか、それは考えないでいよう。

せめて――せめて、チヒロが苦しまずに死んだと思いたい。

読経《どきょう》の声が流れ、焼香の煙が立ちこめる。

チヒロの大学の友人たちが次々に訪れて来ては、泣きながら帰って行く。

歩美は、並んで座っている父と母の方をそっと見やった。

二人とも、突然十歳も年齢《とし》を取ったかのようで、ただ虚《うつ》ろな目を床へ向けている。

――チヒロは死んだ。

もしあのとき、救急車が事故の渋滞に巻き込まれなければ、間に合ったかもしれないのに。運が悪かったのだ。

歩美もよく知っている、チヒロの中学時代からの友だちが三人で連れ立ってやって来た。

焼香をすませると、三人とも赤く泣きはらした目で、歩美たちの前へやって来る。

「お母さん……」

と、歩美は母、照子をそっとつついた。

照子もすぐに気付いて、

「まあ、ありがとう、わざわざ……」

「いえ……。凄《すご》く残念です」

三人がハンカチで涙を拭《ぬぐ》う。

父親は、歩美から、

「チヒロの中学からの、お友だちよ」

と言われても、

「ああ、そうですか。どうも……」

と、会釈するだけだった。

「良かったら、見送ってやって」

と、歩美が言うと、三人は肯《うなず》いて、空いた椅子に腰をおろした。

歩美も、チヒロの友人たちに気を取られていて気付かなかった。

「この度はご愁傷さまでした」

目の前に立っているのが三橋智子だと歩美が気付いたのは、もう彼女が出口へと向っているときだった。

思わず立ち上って、後を追おうとした。

しかし——チヒロの告別式で、そんな騒ぎを起したくない、という思いが歩美の足を止めた。

「歩美、どうしたの?」

と、照子が言った。

「——何でもないの」

歩美は腰をおろした。

三橋智子が足早に出て行くのを、目で追った。

——妹は死んだ。

いい気味だ、とでも思っているの？

でもね、このお葬式を見て。あなたの大事な坂西君のときの、あの寂しさと、どんなに違うか！

チヒロはこんなに多くの人に愛されたのよ。

よく見て帰って！

歩美は心の中で、その言葉を三橋智子の背中に叩《たた》きつけてやった。

むろん、そんなことをしてみたところで、チヒロは帰って来ないのだが。

歩美は思い出した。

あの日、三橋智子が〈お香典〉を持って来たことを。あのお金、三万円を、まだ持っている。

袋ごとそっくり送り返してやろう。できることなら、直接叩き返してやりたい。

三橋智子への腹立ちが、歩美の沈み切った心をいくらかでも目覚めさせた。

そして――歩美は息をのみ、固く、手のハンカチを握りしめた。

会場へ入って来たのは、頭に白く包帯を巻いた南田だったのだ。

誰もが振り向いた。

南田はまだ入院しているはずだった。まさか今日やって来るとは……。

南田はチヒロの遺影に手を合せ、焼香すると、目を伏せたまま、両親の前へやって来た。

照子が、やっと気付いた。

「まあ……」

「申しわけありません」

南田は深々と頭を下げ、涙が頰を伝い落ちる。

「いいえ……。事故だったんですよ」

と、照子は言った。

南田の過失か、それとも車の故障か。――結論は出ていない。

ただ、警察も死亡事件でもあり、慎重に調べているようだ。

「――君か」

事故という言葉で、父が初めて南田に気付いた。そう何度も南田と会っているわけではないので、頭の包帯で、やっと分った様子だ。

「よく平気で来られたもんだな」

父の怒りが一気にふき上げて来た。「娘をひき殺しておいて、謝ればすむと思ってるのか!」

「やめて!」

父の声が震える。

歩美は立ち上ると、父に向って言った。「事故だったのよ! そんな言い方、ひどいわ」

「お前は妹を殺した奴の肩を持つのか!」

父親が立ち上って、南田の胸ぐらをつかんだ。「出て行け！　今度顔を見せたら殺してやる！」

「あなた、やめて下さい！」

「お父さん！」

歩美は南田と父の間に体を割り込ませて、何とか引き離した。

「来て！」

歩美は南田の腕を取ると、急いで会場から連れ出した。

「――歩美」

「ごめんなさい。チヒロは父になついていたから……」

「分ってる。何と言われても仕方ない」

「いけないわ」

歩美は首を振った。「父も分ってるのよ。ただ、チヒロを亡くしたショックを、あんな風に――」

「当然だよ」

と、南田は遮って、「僕なら――殺してる」

「自分を責めないで。事故だったのよ」

歩美は、南田の肩に、涙で濡《ぬ》れた頬をそっと寄せた。

ずっとこうしていたい。けれども、今は戻らなければ。

「大丈夫なの？　入院してるんでしょ」

「父と母はね。僕は今日退院した」

「じゃあ……家にいるの」

「うん。でも——」

「終ったら、行くわ。夜になるかもしれないけど」

「でも、お父さんが……」

「私は子供じゃないわ」

歩美は南田の手をそっと握りしめ、「——戻らないと」

「うん……」

「後で」

と、短く言って、歩美は会場の中へと戻った。

父は何も言わなかった。

やり切れない思いを爆発させて、今は穏やかな状態に戻っていた。

照子は、歩美に向って、「分ってるわ」と言うように、黙って肯いてみせた……。

暗がりの中に、ため息が洩《も》れた。

「——歩美」

「何も言わないで」

歩美は、南田の唇を自分の唇でふさいだ。——言いたいことは分ってる。でも、言わないで。

私が誘って、抱いたのだ。抱かれたのだ。

一人ぼっちでいる、彼の家で。

もちろん、南田はためらった。拒もうともした。

でも、歩美には分っていた。チヒロが、こうなることを望んでいたと。

チヒロの葬儀の日の夜に、こんなことをして、と——。人は眉《まゆ》をひそめるかもしれない。怒るかもしれない。

でも、チヒロのことは、歩美が一番良く知っている。チヒロは許してくれる。いや、二人を祝福さえしてくれるに違いない。

「変ね。裸で寝るのって」

と、歩美は言った。「——傷、痛まなかった?」

「大丈夫——だと思うよ」

と、南田は言った。「興奮して、また出血したかな」

「後で包帯を換えてあげるわ」

「うん」

歩美はベッドの中で、固く南田を抱きしめた。

「——時間がたてば、父も冷静になるわ」

と、歩美は言った。「それまで待てる?」

「うん。——お父さんの気持もよく分るよ。しばらくそっとしておいてあげよう」

「ありがとう」

歩美は南田にキスして、「泊って行きたいけど、帰らなきゃ」

と、息をついた。

「もう遅いよ」

「タクシーを拾うわ。退職金があるから、それくらいは大丈夫でしょ」

歩美はゆっくりと起き上った。

「シャワー、浴びるかい」

「いえ、髪が濡れるから、却《かえ》って変でしょ。このまま帰る。あなたはちゃんとお風呂に入ってね」

歩美はベッドを出て、廊下から洩れてくる薄明りの中で自分の服を集めた。

急に、部屋の明りがつく。

「つけないで!」

と言った歩美は、凍りついた。

明りをつけたのは、南田ではなかったのだ。

寝室の戸口に、父が立っていた。

「——お父さん」

歩美は拾い集めた服で体を隠した。

「恥知らずめ」

父は静かに言った。——怒りではなく、軽蔑《けいべつ》の表情だった。

「お父さん、私は——」

「お前は俺の娘なんかじゃない。チヒロの姉でもない。もし、チヒロの姉なら、チヒロの葬式を出した日に、男と裸で楽しんだりできないはずだ。しかも、チヒロを殺した男と」

違うわ。お父さん、間違ってる！

大声で言ってやりたかったが、父が聞く耳を持っているとは思えなかった。

「チヒロが泣いてるぞ。聞こえないのか」

私には分ってる。

チヒロは、私と南田さんが結ばれたことを喜んでくれている。祝福してくれている。

でも、そう言ったところで、父は信じまい。

「早く服を着て来い。俺が恥ずかしくて死んじまう前にな」

父はそう言って出て行った。

「——早く帰った方がいいよ」

と、南田が言った。

「父には分ってないのよ」

「でも、君とチヒロ君のお父さんだ。さあ、帰ってあげてくれ」

「ええ……」

歩美は服を着ると、「私の気持は変らない。信じてね」

と言った。

「うん。——ありがとう」

南田はベッドに座ったままだった。

歩美は歩み寄って南田にもう一度キスした。

「愛してるわ」

「僕もだ」

「じゃあ……また連絡するわ」

「うん」

心を残しながら、歩美は寝室を出た。

玄関で、父が待っていた。

黙って靴をはき、玄関から出たとき、気付いた。

「——お父さん。どうやって中へ入ったの」

父は振り向いて、

「鍵《かぎ》はかかってなかった」

と言った。

「そんなこと……」

間違いなく、南田は鍵をかけていた。

そして――そもそもなぜ歩美がここにいることを、父は知ったのか。

その瞬間、歩美には分った。

三橋智子だ。

あの女が、歩美を見張っていて、父へ通報したのだ。

人の恋、人の幸福が妬《ねた》ましいのか。

父の背中を見て歩きながら、歩美の中に激しい怒りの火が燃え上って来ていた……。

6　空白

相当に険しい表情をしていたらしい。

「三橋智子さんにお会いしたいんですが」

と、受付の女性に言ったとき、制服姿のその女性は、ちょっと怯《おび》えたように首をすぼめた。

「私、草間と申します」

と、少し意識して柔らかい口調にする。

しかし、あまり効き目はなかった。

「あの――少々お待ち下さい」

と、受付の女性はあわてて席を立ってしまった。

五分ほど待っただろうか。

歩美は落ちついていた。――三橋智子を相手にしても、決して激昂《げっこう》しない自信がある。

「――失礼」

声をかけて来たのは、大分頭の薄くなった男性だった。

「はい」

「あの――三橋智子にご用というのは」

「私です。三橋さんはおいでにならないんですか」

「そのことで、ちょっと……。どうぞこちらへ」

妙に落ちつきのない態度だった。

応接室へ通され、受付の女性の出してくれた粉っぽいお茶を一口飲むと、

「三橋さんは――」

と言いかけた。

「もう社にはおりません」

と、男は言った。「私は、直接の上司だった太田《おおた》といいます」

「三橋さん、お辞めになったんですか？」

「いや、実は――死んだのです」

太田という男の返事に、歩美は当惑した。

「亡くなった？」

「ええ、それもこの社内で……」

太田はため息をついた。

あまりに思いがけない答えだった。歩美が黙っていると、

「三橋君とはどういう……」

と、太田が訊《き》いた。

「え……。私――あの――以前にこちらに勤めていた、坂西という人のことを……」

「憶《おぼ》えていますよ。確かトラックにひかれて……」

「そうです。私、坂西さんとお付合いしていました」

「そういえば、そんな話を聞いたことがありますね。もう三年前くらいになるかな」

「五年です」

「五年！――もうそんなにたちますか」

太田は肯《うなず》いて、「そうか。三橋君は坂西のことを好きだったとか……」

「私に振られて、坂西さんが自殺したというので、三橋さんは私のことを恨んでいたんです」

「あのおとなしい子が……。そうでしたか。突然老けたな、と思いましたが、あまり社内に親しい者もなくて。でも、一度病院で診てもらえと話したことはあります」

「三橋さんはどうして亡くなったんでしょう？」

「突然倒れたんです。コピーを取って席へ戻る途中、急に呻《うめ》き声を上げて倒れ、それっきり……。心臓が弱っていて、医者から入院するよう、しつこく言われていたそうです。後になって聞いた話ですが」

「それは――いつのことですか」

「ええと、つい一週間前です。身よりのない子だったらしくてね。連絡先になっていた所も今は他人が住んでいて、困りました」

「そんなことって……」

一週間前？――チヒロの葬儀に現われたのは、つい二日前のことだ。

「どうかしましたか。顔色が――」

「何でもありません。――お邪魔しました」

いつ、M事務機のオフィスを出たのか、自分でもよく分らなかった。

気が付くと、昼休みのOLたちでにぎわう公園のベンチに座っていた。

「――馬鹿げてる」

と、口に出して言った。

この現代に、お化けが出たとでもいうのだろうか？

あのとき、チヒロの葬儀に来ていたのは、三橋智子ではなかったのだろう。ただ、似ていたのでそう思えただけだ。

そうに決ってる！

「そうだわ」

いずれにしても、三橋智子が私の幸福を邪魔することはもうないのだ。

父が南田と歩美のいる所へやって来たのは偶然か、それとも歩美の行先を察したとしてもふしぎはない。

――何とか、すべてのことに理屈をつけて自分を納得させようとした。

それほど不安で、怯えていた。そのことは否定できない。

三橋智子の恨み。――五年もの間、ずっと歩美のことを見ていたのに違いない。でなければ、南田と結婚することも知りようがあるまい。

そんなに長い間、恨み続けていたということより、五年の間、何もしなかったことの方が恐ろしい。

歩美が南田と結婚するその日まで、じっと恨みを抱き続けていたのだ。

――歩美は立ち上った。


「どこに行ってたの」

家へ帰ると、母が心配そうに言った。

「別に」

歩美は肩をすくめた。「お父さんは?」

「出かけたけど……。あんたがどこに行ったか、気にしてたわ」

「どこだっていいじゃないの。子供じゃないんだから!」

歩美は、居間の隅に置かれた紙袋を開けて、中を探った。

入っているはずだ。——あった。これだわ。

チヒロの葬儀に来た会葬者の記帳。この中に、〈三橋智子〉の名があるかどうか、確かめたかった。

いや、あるはずがない。それでも、見て行かずにいられなかった。

もしあったら?

そう自分へ問いかけても、何の返事もできない。

ページをめくって行く。

それは、ごくあっさりと目に入った。

〈三橋智子〉

——分っていたような気がした。

やはり、あの女はやって来たのだ。どこからか知らないが、やって来たのだ。

見ている内、ふと妙なことに気付いた。

その前後の名前と、文字の色が違う。

むろん、記帳は毛筆かフェルトペンだ。

どっちにしろ、黒しかないはずだが。

〈三橋智子〉の名だけが、違う色だった。赤黒いというか、こげ茶色がかった、奇妙な色だった。
　どうしてだろう？
　歩美はそっと指先をその名前に当てた。
　ヌルッと指先が滑った。
「まさか……」
　乾いてない？　そんなわけが……。
　指を見て、歩美は愕然《がくぜん》とした。
　これは――血だ。
　真新しい血の赤が、歩美の指先を濡《ぬ》らしていた。
　こんなことが……。不可能だわ！　こんなこと、起るはずがない！
　その瞬間、電話が鳴り出した。
　やめて！――やめて！
　歩美は叫び出すのを、何とかこらえた。
　電話のベルが、なぜか甲高い女の笑い声に聞こえたのだ。
「はい。――さようでございます」
　母、照子が出ている。「――は？――主人が何か」
　歩美はそろそろと立ち上った。
　汚れた指先を、スカートで拭《ぬぐ》った。

照子が、カーペットに座り込んで、受話器を握っていた。

「——お母さん」

受話器から「ツー、ツー」と信号音が聞こえている。

「もう切れてるよ」

母の手から受話器を取ってフックへ戻す。

「お母さん、どうしたの？」

照子が叫び出すのを止めようとするかのように、口を手で押えた。

「お母さん……」

「警察から……」

「警察？——どうしたの？　お父さんに何かあったの？」

これが三橋智子の仕返しなのか？

父の身に何が？

「そうじゃないのよ」

照子の声が震えた。「お父さん……捕まった」

「——何をしたの？　どうして捕まったの？」

「歩美……。お父さんは、チヒロもあんたも奪われたと思って絶望してたのよ」

「何のこと？——話して！」

「歩美……。しっかりして」

照子の方が、すがるように歩美の手を握りしめた。「お父さんがね、南田さんを殺した」

——嘘だ。嘘だ。

歩美はフラッと立ち上った。

「歩美……」

「出かけてくる。あの人が待ってるわ」

「歩美……」

照子の泣くのを背中で聞いて、歩美は玄関へと出て行った。

それは長い長い空白の時間だった。

南田修介の死。そして逮捕された父の取調べ。

マスコミにも、格好の話題を提供することになった。歩美も母の照子も、一時はTVカメラや記者に追い回されたのだ。

それほど長い期間ではなかったにせよ、当事者にとっては永遠のように長い日々だった……。

「ここで待って」

と、無表情な声が言った。

歩美は、重苦しい沈黙の中、じっと固い椅子に座っていた。

この前、父と会ってから、どれくらいの時間がたったのだろう?——色々なことがあった。

何日たったか、何週間たったか、考えても分らない。

ただ、確実なことは、父の裁判があり、父は今、この刑務所に入っている。

ドアが開いて、父が入って来た。

歩美は息をのんだ。

父はもう老人だった。急に二回りも小さくなったようだ。

透明なプラスチックの仕切りを挟んで、歩美は父と向い合った。

父は難しい顔をして、じっと目を伏せていた。歩美は深く息をつくと、口を開いた。

「お母さん、ちょっと風邪ひいてて、来られないの」

と、歩美は言った。「具合は?」

父がゆっくりと目を上げる。

「母さんは大丈夫か」

「ただの風邪よ。大事を取っただけ」

「そうか……」

「お母さん、心配してるわ。お父さんが体を悪くしやしないかって」

「もう、俺のことは忘れてくれ」

と、父は言った。「放っておいてくれていい」

歩美はこみ上げるやり切れなさを、じっとこらえた。

「忘れられやしないわよ。私も、仕事を見付けても、すぐ断られる。お母さんは家に閉じこもって、ＴＶばっかり見てる。――でも、親子二人、食べていかなきゃならないのよ」

「うん……」

「お父さんを放っておいたって、私たちの暮しが少しでも楽になるわけじゃないわ」

「すまんな」

歩美が働く他はない。

そのことはともかく、問題は他にあった。

「俺は元気だったと母さんに言ってくれ」

「うん」

と、歩美は肯《うなず》いて、「お父さん、一つ訊《き》いていい？」

「何だ？」

「あのとき、なぜ知ってたの？　私が彼の所にいるって」

父は当惑して、

「今さら何だ」

「教えて。私にとっては大切なことなの」

父は額にしわを刻んで、

「あのときは——そうだ。電話で知らせてくれた」

「誰が？」

「知らん。ただ、お前や南田のことをよく知った女だった」

「女……。確かに女だったのね？」

「ああ。それだけは憶《おぼ》えている。名も言わなかったが」

「三橋智子よ」

「——どうして知ってる」

「いいの」

と、首を振る。「もう行くわ」

「ああ……」

「何か欲しいものがあったら、言って」

「いや……。何か本があれば嬉《うれ》しい」

「分ったわ」

「——歩美。俺を恨んでいるだろうな」

歩美は少しの間、考えていたが、

「忘れなくちゃ。可哀そうだもの、産まれてくる子が」

父が目を見開いた。

「今、何と言った」

「私、身ごもってるの。修介さんの子をね」

と言って、歩美は立ち上った。「じゃ、行くわ。病気しないように気を付けてね」

刑務所を一歩出ると、急に涙がこみ上げて来た。

何の涙だったのか。——それは歩美自身にも分らなかった。

7　憎しみの果て

両手にさげたコンビニの袋が重く、指に食い込む。

肩が張って痛かった。これは一年中のことだったが。

年の暮れも近く、道を行く人々はせかせかと歩いている。昼は短く、夜は長い。

六時を少し回っただけだというのに、辺りは暗くなっていた。

もう少し。——もう少し。

自分へ言い聞かせなくては、荷物の重さが辛《つら》い。アパートまで三十分も歩くのだ。

歩美一人の収入では、それが精一杯だった。

でも——今は幸せだ。

そう。どんなに疲れていたって、アパートに帰れば、可愛い我が子の笑顔が迎えてくれる。

あと少しだわ……。

横断歩道が赤信号で、歩美は足を止めた。道を渡った向うに、小さな女の子の姿が見えた。

「浩子《ひろこ》ちゃん！」

と、呼びかけると、向うから手を振って、

「ママ、お帰りなさい！」

と、大声で答えてくれる。

「待ってるのよ！　危いから！」

と、歩美は言った。

手を振ってやりたくても、荷物が重くてできない。

浩子は、照子——おばあちゃんに手を引かれていた。

もう浩子は三つだ。妹チヒロの「ヒロ」を入れた名にした。

出産前後は大変だったが、二週間後にはもう勤めに出ていた。母、照子が浩子を引き受けてくれたからだ。

照子はすっかり白髪になったが、孫を見なくては、という気持があったせいか、少し元気を取り戻した。

父には、そろそろ仮釈放の話もあるが、まだ実現しない。

歩美は、早く信号が変らないかと苛々《いらいら》して待っていた。

すると——道の向うで、突然照子が崩れるように倒れたのだ。

浩子がびっくりしている。

歩美は一瞬、凍りついた。ただごとではない！

信号。——信号。

浩子が驚いて、ママの方へと駆け出した。

「だめ！」

歩美は叫んだ。「まだ渡らないで！」

浩子が駆けて来る。

車がクラクションを鳴らした。

「浩子ちゃん！」

両手の荷物を落とした。車道へと飛び出す。

急ブレーキの音。

歩美は、スローモーションの映像でも見ているように、浩子の体が車のボンネットに一旦《いったん》はね上げられ、それから道路へ転げ落ちるのを見ていた。

歩美は叫んだ。

同時に、反対車線の車が歩美を引っかけた。歩美の体は数メートル投げ出され、左足の激痛に呻《うめ》き声を上げた。

浩子ちゃん……。浩子ちゃん……。

起き上って、必死で這《は》って行った。

浩子がぐったりと道に横たわっている。

「救急車を！」

と、声を振り絞って叫んでいた。「救急車を呼んで！」

停った車から人が降りてくる。

「お願い！　早く救急車を！」

歩美は浩子を抱き起こした。

浩子は動かない。大声で呼んでも反応がなかった。

「今、救急車を呼んだから」

と、誰かが言った。

「邪魔だから、どかそう。急ぐんだ、こっちは」

と、舌打ちをする男がいる。

「やめて！——やめて！」
二、三人の男が、歩美と浩子を歩道まで運ぶと、その場へ下ろし、
「悪いね。こっちも生活がかかってるんで」

と、さっさと車へ戻って行った。

「お母さん……」

照子は口を開け、倒れたまま動かなかった。

もう死んでいる、と直感的に思った。

もともと心臓が悪いと言われていた。治療どころではない暮しの中、いつかこうなるのは避けられなかったかもしれない。

でも――浩子をどうして巻き込まなくちゃならないの？

そのとき、腕の中で浩子が身動きし、低く声を上げた。

「浩子ちゃん！　ママよ！　分る？」

歩美は我が子を抱きしめた。「頑張ってね！　ママがついてる！　ママがついてるわ！」

やっと、救急車のサイレンが聞こえて来た。

「もう大丈夫よ！　すぐ病院へ運んでくれるわ！」

歩美は救急車に向って力一杯手を振った。

救急車は、歩美たちの前を通り過ぎて、少し行った所で停った。

「――どうしました？」

と、救急隊員が降りて、駆けてくる。

「この子です！　車にはねられたんです」

と、歩美は言った。

「車に？」

救急隊員は、ちょっと困った様子で、「いや、我々は他の件で呼ばれて、現場へ急行するところなんですよ」

「そんな……」

歩美の声が震えた。「この子が死んでもいいって言うんですか!」

「そう言われてもね、こっちも待ってる方がいるんで……。そちらは?」

と、倒れている照子の方を見る。

「母です。たぶん発作で――」

「もう一一九番したんですか?」

「車に乗ってた人が……」

浩子と歩美をはねた車は、もう逃げてしまっていた。

「じゃ、すぐ来ますよ。そっちへ乗って下さい」

「待って! この子だけ――この子だけでも、早く病院へ」

救急車へ駆け戻る隊員へ、歩美は必死に叫んだ。

しかし、救急車はまたサイレンを鳴らして走り去ってしまった。

こんな……。こんなひどいこと……。

そのとき、別のサイレンが近付いて来た。

「あれだわ!――ここよ!」

左足の痛みも忘れて、歩美は必死の思いで立ち上ると、手を大きく振った。

救急車が停ると、運転席から、

「どうしました?」

「子供が車にはねられて——。それで来て下さったんでしょ?」

「いや、この車はもう患者さんを乗せてるんです。急いで病院へ運ばないと危いんでね」

「でも——この子を——せめてこの子だけでも病院へ運んで! 苦しんでるんです!」

「すみませんが、そういうことはできないことになってるんでね。——ああ、もう一台来るようだ。きっとあれですよ」

もう一つ、サイレンが聞こえて来た。

「じゃ、お大事に」

と、救急車は走り去った。

これは——どういうこと?

歩美は、歩道に横たわっている浩子と母を見た。

これは偶然じゃない。

三橋智子。——もう忘れていた名前が、歩美の中によみがえって来た。

これは復讐《ふくしゅう》だ。三橋智子の仕返しなのだ。

「子供にまで、どうして? 私だけで充分でしょう!」

と、天に向って叫んだ。

サイレンが近付いて来る。——救急車が見えた。

分っていた。あの救急車も、何か理由をつけて、素通りして行くのだ。

歩美の体が燃えるように熱くなった。

「そうはさせるもんですか。──あなたの好きにはさせないわ！」

歩美は、救急車が近付いて来ると、片足を引きずりながら、車道へと出た。

そして、大きく両手を広げて、救急車の真正面に立った。

さあ！　私をひき殺せばいい！　どんなことをしても、停めてみせる。

クラクションが鳴った。ライトがまぶしく歩美の目を射る。

しかし、歩美は微動だにしなかった。

激しい急ブレーキの音。

次の瞬間、歩美の体は路面に叩《たた》きつけられていた。


ああ……。

ここはどこだろう。ぼんやりと霧の中を漂っているかのようだ。

浩子ちゃん。──浩子ちゃん。どこにいるの？

それとも、自分はもう「違う世界」へ来てしまったのだろうか？

「──草間さん」

と呼ぶ声がした。「草間歩美さん。聞こえますか？」

やさしい女性の声だった。

「はい……」

かぼそい声で、歩美は答えた。「ここはどこ？」

「病院ですよ。あなたは車にはねられたの」

白い人影。――看護婦さんだろう。

「じゃ――あの子は？　浩子はどうしたんでしょう？」

手が宙を探った。

「娘さんね。大丈夫。今、手当を受けています。助かりますよ」

一気に、体が軽くなったようだ。

「ありがとうございます！」

と言うと同時に涙が溢《あふ》れ出た。

「ただ――一緒に倒れていた方、お母様ね。心臓発作で、もう手遅れでした」

「はい……。分っていました」

歩美は小さく肯《うなず》いた。

「じゃ、ゆっくり休んで。――眠るのよ」

「はい……。あの子をどうかよろしく……」

もつれそうな口で、くり返した。

「後でまた来ますからね」

看護婦が出て行く。

ああ！　神様！

浩子さえ――あの子さえ助かったら、もう何もいらない。

歩美は深く息をついた。
今の看護婦さん、とてもやさしい人だった。それに――。
あの声？
どこかで聞いたことがある。――確かに。
どこだったろう？
歩美の目が、くっきりと焦点を結んだ。同時に分かった。
あれは、三橋智子の声だ。
「――浩子ちゃん」
あの子はどうしただろう。
浩子ちゃん……。
歩美は必死に体をずらして行き、やっとベッドから這《は》い出た。
骨折したのか、両足がしびれて動かない。
歩美は指先に力をこめ、体をズルズルと引きずってドアへと近付いた。
ドアが勝手に開いた。
歩美はドアから這い出して――愕然《がくぜん》とした。
そこは廃屋だった。
崩れかけた家。床の穴から雑草が伸びている。
ああ……。あの子は？

「まあ、じっとしていなくちゃ」

と、声がした。

声の方を向くと、三橋智子が看護婦の格好で立っている。

「三橋さん……。お願い、あの子を助けて。私にだけ、恨みを晴らせばいいでしょう」

「少しは分った？　救急車に乗せられながら、見捨てられた坂西さんの悔しさが」

「でも、あの子に罪はないわ。私だけで充分でしょう！」

「いいえ」

三橋智子が首を振った。「あなただけが生き残るのよ。そして一生、自分を呪い続ければいいんだわ！」

そのとき、

「もうやめよう」

と、誰かが言った。

歩美は、声のした方を見た。

「——坂西君」

坂西が立っていた。

あの日、救急車へ運び込まれたときのままだ。

「だめよ！」

と、三橋智子が強い口調で、「これであなたの復讐は完成するのよ」

「いや、これは復讐じゃない」

と、坂西は言った。「僕は、歩美さんに永久に恨まれていたくない。憎しみの対象にしかなれないなんて、いやだ」

「坂西君……。ごめんなさい！」

歩美の頰を涙が伝った。

「歩美さん……。僕のことを、ときどき思い出して下さいね」

と、坂西が言うと、辺りが闇に包まれた。

「――待って！――坂西君！――浩子ちゃん！」

と、歩美は叫んだ――。


「浩子ちゃん！」

と叫んで、手が宙を探る。

その手を、パッとつかんだ手。

「歩美。――大丈夫だ。落ちつけ」

その声……。

歩美は目を開けた。

「――お父さん！」

父が、しっかりと歩美の手を握っている。

「俺だ。もう大丈夫だぞ」

「ここは？」

「病院だ。浩子は助かった」

「本当に？　本当に？　ああ！」

歩美は精一杯の力で父の手を握りしめた。

「よく頑張ったな。——俺は仮釈放になったんだ。アパートを捜し当てて行ってみたら、同じアパートの人が、教えてくれた」

「お母さんは……」

「亡くなったよ」

すっかり老け込んだ父が辛《つら》そうに肯いて、「俺のせいだ。俺が自分勝手な感情に走って、あんなことをしたからだ」

「お父さん……。あの子に会わせて」

「ああ。——待ってなさい」

と、父が立ち上ると、病室のドアが開いて、車椅子に乗った浩子が入って来た。

「ママ！　目が覚めたの？」

「浩子ちゃん……。ここへ来て！」

足にギプスをした浩子は、看護婦に車椅子を押してもらって、ベッドのそばへ来た。

歩美は我が子の頭を、顔を、肩を、腕を、手でたどった。

「良かった！——私の浩子ちゃん」

涙声で笑う。

「ふしぎなことがあったんだ」

と、父が言った。「お前たちが車にはねられた日、いつになく事故や急患が多くて、すぐには救急車がなかった。ところが、この病院の救急入口の所に、お前と浩子が倒れていたそうだ。誰かが、お前たちをここへ運んでくれたんだ」

歩美は目を閉じた。——熱いものがこみ上げて来る。

坂西。三橋智子。チヒロ。南田……。

そして母もまた、この子の中に生きているのだ。

「ママ、早く良くなってね」

と、浩子が言った。

「ええ、もちろんよ」

と、歩美は微笑んだ。

「俺も、昔の友だちの世話で働くことにした。——この子の花嫁姿を見るまでは、何としても元気でいなくちゃな」

父が浩子の頭をなでる。

「私、もうすぐ幼稚園だもの」

と、浩子が言った。「ママがいないと、お弁当が食べられないじゃない」

本書は、二〇〇三年一月に小社より刊行された角川ホラー文庫を加筆修正のうえ、改版したものです。

今日《きょう》の別《わか》れに

赤川次郎《あかがわじろう》

平成15年 1月10日　初版発行
平成30年 9月25日　改版初版発行
令和6年 5月30日　改版再版発行

発行者●山下直久

発行●株式会社KADOKAWA
〒102-8177　東京都千代田区富士見2-13-3
電話　0570-002-301（ナビダイヤル）

角川文庫 21151

印刷所●株式会社KADOKAWA
製本所●株式会社KADOKAWA

表紙画●和田三造

ISBN 978-4-04-106591-4　C0193